世界少年经典文学丛书

病榻前的故事

[法]韦科尔 著

王 帆 编译

中国出版集团 现代出版社

图书在版编目（CIP）数据

病榻前的故事／（法）韦科尔著；王帆编译. —北京：现代出版社，2013.2

ISBN 978 - 7 - 5143 - 1260 - 7

Ⅰ．①病… Ⅱ．①韦… ②王… Ⅲ．①童话 – 法国 – 现代 – 缩写 Ⅳ．①I565.88

中国版本图书馆 CIP 数据核字（2013）第 021151 号

作　　者	韦科尔
责任编辑	李　鹏
出版发行	现代出版社
通讯地址	北京市安定门外安华里 504 号
邮政编码	100011
电　　话	010 - 64267325　64245264（传真）
网　　址	www. xdcbs. com
电子邮箱	xiandai@ cnpitc. com. cn
印　　刷	三河市嵩川印刷有限公司
开　　本	700mm×1000mm　1/16
印　　张	9
版　　次	2013 年 2 月第 1 版　2021 年 8 月第 3 次印刷
书　　号	ISBN 978 - 7 - 5143 - 1260 - 7
定　　价	29.80 元

序　言

　　孩子是未来的希望，是父母心中的天使，是充满快乐的精灵。小学阶段更是孩子最快乐的时光，是孩子成长发育的黄金阶段。为了让孩子学习更多的课外知识，享受更加丰富的学习乐趣，我们策划了本丛书！

　　从小让孩子多读课外书，对培养孩子健康的心态和正确的人生观无疑将起着非常重要的作用。自《语文课程标准》公布以来，不少富有敬业精神、有才干的教师，在他们的教学中，担当起阅读教育的重担。他们在严谨的选材中，利用丰富的文学资源，向学生推荐了大量优秀的课外读物，实施了以"练成阅读和作文的熟练技能"为重要内容的阅读教育。大千世界充满了丰富的知识。阅读能丰富小学生的语文知识，增强阅读能力，提高写作水平，开阔视野，增长智慧。阅读本丛书，能够使孩子享受到阅读的快乐，激发起更浓厚的阅读兴趣，孩子的生活将充满新的活力与幸福！本丛书精选了世界名著和中国经典书目中流传最广、影响最大、最脍炙人口的作品，是培养小学生理解能力、记忆能力、创造能力的最佳课外读物。

　　最后需要指出的是，本丛书把世界上流传甚广的经典童话、寓言等也尽收其中，并将这些文学作品重新编写审订，使作品在不影响原著的基础上更适合少年儿童阅读，在丰富他们课余生活的同时提高语言和文字表达能力。本丛书通过科学简明的体例、丰富精美的图片等有机结合，使小读者不仅能直观地领略作品的精髓，而且还能获得更为广阔的文化视野和愉快体验。希望本丛书能成为孩子生活的一缕阳光照亮孩子前进的道路，能成为一丝雨露滋润孩子纯净的心灵。

编　者

目　录

病榻前的故事

洛姆山神

　　妈妈讲的是关于一位母亲与她的三个儿子阿尔贝里克、于尔里克以及吕多维克的故事。你会觉得这些人名听起来很奇怪吧？那是因为这些是发生在很久很久以前的事了。可以追溯到查尔曼王朝，甚至克洛维斯王朝以前，那个时候在法兰西这片土地上还没有王国的存在，只有一些公爵、伯爵的领地或者亲王们的封地。领地之间相距遥远、彼此隔绝，有时一个骑士骑马赶上三天三夜的路，才可能碰到一个连名字都叫不出来的城市。

　　另外，你应该能够理解那时的城市跟你现在所熟悉的城市也不一样。那时的街道是用熟土砌成的，没有像今天这样的高楼大厦，也没有公共汽车、地铁和小汽车等等，当然更不用说电影院、广播和电视了，并且没有拧一下龙头就能使用的自来水，也没有按一下开关就能够照明的电灯，没有点燃了就能够做饭的煤气，甚至就连点煤气的火柴也都没有，更不用说整个冬天都能够供暖的暖气。那时，人们对现在生活中的这一切恐怕连想也没有想过吧。总之，那些给现代城市居民生活可以带来方便的东西他们一样都没有。即使是那些很富有的的领主们，在他们的城堡里，也要用蜡烛来照明，也得从深井里打水，假如要到城镇去，也必须得骑很长时间的马。冬天，就算他们的大壁炉里面，几乎烧着整根的树木，他们依然会觉得很冷。因为那时候房间太高太大，到处都是凉风嗖嗖，以至于到天寒地冻时，他们干脆整天躺在床上，睡在厚厚的棉被里。不过毕竟是因为他们非常有钱，才能够这样做。但不富裕的人家就只能靠烧从树林里捡来的枯木取暖，即使这样仍然会冻得不停地打哆嗦。至于那些穷苦的人们，常常是受冻挨饿。除此之外，还要经受各种疾病的折磨，在这些时候无论是富人还是穷人，都无能为力了。因为人们除了在有人生病时，去找个并不是真懂医术的人来治疗之外也别无他法了，而且即使他们能找到这样的人，也大多都是巫师。他所开的药也是像把一只没有尾巴的狐狸的爪子放进一只独眼猫头鹰的蛋里泡三个星期，之后等新月出来时把它放到病人的枕头底下这一类的。你也许会说这总比贴膏药或者吞鳕鱼肝油要好受得多，其实操作起来是非常困难的，要知道当时连药剂师都还没出现呢！那时的人们最大的不幸就在于他们的无知。大部分人，即便是最富有的人，都目不识丁。那是一种多么可怕的愚昧呀。人们所相信的就只是那些最荒诞的东西。因为什么都不知道，自然会对一切感到恐惧。人们以为在夜间，到处都会是猛兽、恶魔、鬼怪、妖狼等各种现实中并不存在，或者说已经不复存在的可怕生物。因为当时人烟稀少，土地大多未经开垦，到处都是大片的又密又深的原始山林，山林里住着许多野兽，比如说狼、熊以及其他猛兽，甚至传说还有多尾龙和多头蛇呢！那里除了经常陷车留下了深深辙印的土路，根本没有道路。除了艰苦的环境和人们心里的恐惧外，这些地方还经常会受到领主之间战争的践踏，这就给苦难深重的百姓带来了更深重的灾难。发动战争的人们焚烧村庄，屠杀生灵。战火停熄后，乡间盗匪四起，因为战后被抛弃的兵痞不得不靠打家劫舍来苟且偷生。

我要给你讲的故事就发生在这样的年代里。那个时候，住在乡下，并非像今天生活在农村这样，周围是种满各种庄稼的田野，充满枝繁叶茂的葡萄藤的葡萄园，也没有栽满各种鲜花的花园。那时除了孤零零的茅草屋之外，四周耕地都是很少见的，到处是莽莽荒林。除非是成群结队到森林里面去打野，否则大部分的人不愿冒险去森林里。因为在森林里，能全身而退的可能性非常小。

就是在这样一个坐落在布尔戈尼和阿基坦勒之间、到处是苍莽莽的群山、荆棘遍布的岗岭、遮天蔽日的森林、人迹罕至的喀斯高原。在一个无法穿越的沼泽的小村落里面，住着阿尔贝里克、于尔里克和吕多维克三个兄弟与他们年老的母亲巴蒂尔德一家人。我之所以称它是个小村落，是因为在那里毕竟还是有着四处各自独立的院子。巴蒂尔德老妈妈住在最大的一所院落，在老妈妈房子对面呈半圆形分布的是她三个儿子的家。三兄弟都已长大，他们已经都能自力更生，大家相处得很和睦，都非常敬爱他们的母亲，经常相互串门。他们三个人中老大力气是最大他是打铁的；老二以煅铜为生；老三则靠炼锡营生，相比下，这算是最不费力的工作了。因为各人的生计不相同，所以平常大家都在自己家里面干活。

当然了老巴蒂尔德不可能一直都是寡妇的。在很久以前，她嫁给了附近一位有身份的青年领主，但后来这位领主却不幸战死沙场。因为他们的结合本身也是一段奇缘，所以在讲她的三个儿子阿尔贝里克和于尔里克、吕多维克的故事之前，我想先给你讲一讲巴蒂尔德的故事。

巴蒂尔德结婚时才十八岁。她的父亲虽然不是很富有，却也是因建立功勋而受到根达哈尔王封赏的比尔贡德人的后裔，他是当地一处领地的男爵。可是这块土地太小，并不能为他带来多少的收入，再加上他还要维护自己的生存，不断抵御周围领主的进犯，为此他的日子就变得越来越艰难了。在巴蒂尔德降生到人间时，非但没有吉星高照，反而是厄运缠身。当巴蒂尔德生下来几个月大时，人们才发现这个可怜的小姑娘是个聋子。一个人天生是个聋子，那么他以后自然就会成为哑巴，因为听不见声音他就无法学会讲话。巴蒂尔德只能靠说话人嘴上的动作了解一部分对方表达的意思，并且也只能靠用手势来回答问题。她就在这样一个没有声音、没有音乐、没有话语，也没有鸟儿悦耳的声音的环境中长大了。但是对她来说，算是存在着另外一种音乐——颜色的音乐。那是一种她可用一双大眼睛就可以"听到"的音乐，她长着一双翠绿的、令人羡慕的、美丽的眼睛。这双眼睛充满善良和智慧。这也使得人们对她的悲惨遭遇更加同情。

有一天，她在城堡里美丽的花园散步，她妈妈发现她在那里采花。她并没有把它们绑成花束，反而把它们一枝枝地平铺在地上，按照颜色进行排列。她并不是把相同的颜色分别放在一起，而是在花间进行各种各样地搭配，颜色组合的效果非常和谐，使人们看上去就好像是在听一首优美的音乐。她的母亲看了大为惊异，才明白原来自己的女儿拥有艺术家的慧眼和巧手，于是她为女儿买来了各种颜色的绒线和一台织机，还请来当地最好的织毯匠，来教她怎么织挂毯。巴蒂尔德很聪明一学便会。很快，她所织出的各种挂毯，在色泽和构思上，都超过了她的师傅。于是她的名声很快地在当地传开了。于是人们从各地来欣赏她的织品，那些曾经跟她父亲不和睦的领主，也都拿来很多金盏、镀金餐具、银壶和宝石等等宝物来换交换她织的挂毯，用来装饰自己所住的城堡。这样，因为女儿手艺精湛，男爵一家的日子一天天地好了起来。可是他仍然非常忧心，担心就算自己的女儿才貌双全，却只能孤老一生。毕竟谁也不会愿意娶这样一位又聋又哑的女孩吧？

在离他们不远的北方，住着另一位领主与他的儿子，他们也在忍受着不幸的折磨。原来是这位儿子在十五岁的时候，跟他的父亲去打猎，不幸从马上摔下来，额头猛撞到了一截很硬树桩上，从此便双目失明。他叫若弗洛伊。这是一位很热爱音乐的青年。出事之后，他虽然什么都看不见了，可对音乐的热爱却在增加，音乐甚至已经成为他生活中唯一的乐趣。他擅长演奏各种乐器，还能用清晰悠扬的男中音演唱自创的歌曲。因此，他的名声也同样传遍了四方。自然当地许多有地位的贵妇人会前来欣赏他的表演，小姐们都为他英俊的相貌着迷，可是谁会愿意嫁给一个瞎子呢？

前来听他弹唱的人中，有些也曾经去欣赏过巴蒂尔德的织锦，所以，若弗洛伊经常听到关于这位姑娘的事。人们对她非凡的才能称赞尤佳，同时也为她的不幸深感可惜，这一切使他渐渐地对她产生了好感。虽然他再也看不见了，但是凭着过去欣赏过的的自然景色，他可以尽情赞美巴蒂尔德织品，甚至能把它们想象得更加美丽。他对巴蒂尔德越发向往的同时又不禁深感迷茫，因为他不知该如何掩饰这承受不幸命运却无法熄灭的爱情火焰。他甚至很容易想到有一天他们相遇会是一个什么样的情景：那时，若弗洛伊看不见那位年轻漂亮的姑娘，而巴蒂尔德虽然能看见他，但是却不能听到他的声音；就算他想用耳朵听巴蒂尔德的声音，但她却不会讲话！这样的话，他们永远都无法相互倾诉，永远无法彼此了解，一辈子也只会是像两个素不相识的人。就算他们能结为夫妻，可是那又和结合在一起的两个陌生人有什么分别呢？所以这样的爱情不过是一个遥不可及的梦，这一切都令若弗洛伊深感痛苦。

虽然双目失明，若弗洛伊还是很喜欢带着自己忠诚的小狗奥布里到周围乡下散步。即使他不能看见四周美丽的景色，却能够想像出这里的一切，他凝神谛听，会比正常人感受到更多声音和回响。正常人一抬眼就什么都能够看得见，自然也就不会注意锻炼自己的听觉了。他却能分辨出微弱的百灵鸟的鸣唱声，昆虫爬行在草地上的声音，更甚至是一只小虫在地上走动发出的摩擦声。

一天，若弗洛伊正像往常一样散步。他小心翼翼地一边聆听一边向前走着，似乎听到了一阵呻吟声，却不能准确地判断声音是从哪里传来的。而且奇怪的是当他向着一个方向走过去，声音却像是从另一个方向传来。每次他都以为自己接近目标了，却总是得改变方向，似乎是声音在原来的方向消失了。由于眼睛无法看清道路，他只能靠白藤手杖和小狗帮忙，就这样不停地走来走去，最后连他自己也不清楚究竟是到了哪里。只好凭着感觉找一个可能是正确的方向走。

这时，更奇怪的事发生了，他的小狗奥伯利非但不肯给他领路，还拖着他后退。"来，过来呀！你怎么了？"若弗洛伊边对小狗说，边想把它往身边拉。

可是回答他的却是一阵短促的呻吟，似乎是小狗被人踩到爪子。突然，狗链猛地被拉动了一下，跟着就从他手中脱落了。他想重新把狗链捡起来，可是狗却挣脱逃走了。他不断呼唤着小狗的名字，却一点回应也没有用。现在就只剩下他孤零零的一个人了，该怎么才能回去呢？可怜的若弗洛伊只好拿出勇气面对未知的恐惧。他冷静地思考着形势，看起来除了顺风找到回家的路之外，也没其他办法了。他觉得离开城堡时，风是迎着自己的脸吹的，那么现在如果他转身顺着风走，也许就能找到路了。于是他便拄着手杖继续摸索着前进，以防被障碍物给绊倒。这时在前方传来那个曾勾起他好奇心的叹息声，不过这一次他每朝前走一点，那声音就离他更近了一点。随着叹息声越来越真切，好像是一个人在那里呻吟。很快地，他感觉更像有人在唱歌或者祈祷，可是声调却非常凄凉。

若弗洛伊不停地走着，觉得自己似乎是顺着一个坡朝下走，但令他感到奇怪的是他走的实际上是段平路。他心里开始忐忑不安起来，很想掉过头向回转，但这声音非常悲切，令他无法不继续向前走去。尽管若弗洛伊双目失明，可他却是个坚强和充满探索精神的人。为了弄清自己到底是到了什么地方，他用手杖到处探索，两侧碰到的全是墙壁。于是他又用手杖顶顶上面，也是板壁。他清楚了自己现在所走的是一处地穴的坡道了。

这既令他感到不安又觉得放心。不安的是他不清楚这条路会把他带去哪里，放心的是回头路不至于弄错，往回走时，他一定能返回原来离开的地方。于是他就更放心地继续朝前走，那凄凉的呻吟声离他也更近了。忽然，若弗洛伊的脚踢到了一块石头，石头朝下滚了滚，就碰到了墙上。在这时，那声音一下子停止了，接着他听到有人惶恐地问道：

"是谁？"

根据那颤抖的声音，若弗洛伊猜测这是一位老人。他走了过去。他看不到那张像只干瘪苹果一样布满皱纹的脸，看不见那人盘坐在那里，花白的胡须一直垂到双膝中间，也看不见他那身已经破烂不堪的衣服，更不用说那根把老人的脚踝骨锁在洞穴墙壁上的铁链了。洞里像炉膛一样黑，然而这对若弗洛伊来说根本无所谓，他本来就是个盲人。这黑暗洞穴倒给他供给了别人无法拥有的便利，他用灵敏的耳朵可以听到非常细微的声音。他从那人的呼吸声音中，听出这很可能是一个年迈苍苍的老人；从他身上褴褛衣衫的窸窣作响中，得知那衣服已经非常破旧；而从金属触地的所发出的撞击中，他明白这是一个被上了锁链的可怜的老人。

"谁在那里？"那人又问了一遍。

"我是住在这附近的领主。"若弗洛伊回答，"那么你呢？可怜的朋友，你在这个地方做什么？"

"唉！"老人深深叹了一口气接着说，"我年轻时犯了个错误，现在正服长期徒刑呢！我叫伊桑贝尔，是个读书人，但是有些行为莽撞。一次，我触犯了洛姆山林的守护神，我奚落了他，嘲笑他其实是不存在的，因为谁也没有见过他。但是有一天，当我同几个朋友在这个山林里追捕一只鹿时，我的马突然溜了缰，结果我一头撞在了一棵橡树的矮杈上，跟着就失去了知觉。等我再醒来时，发现人已经到这里了。这时，我听到从黑暗中传来了一个很威严的声音，对我说道：'伊桑贝尔，由于你口出狂言，我才会把你关到这里的。你现在听着：在你对面的墙上，刻着一条箴言。直到哪天你能大声清楚地把它读出来，我才会把你从这里放出去。从今天开始到那一天之前，你能够得到食物，但永远都无法见到光亮！'"

"唉！"伊桑贝尔继续说，"我被关进这暗无天日、令人绝望的地方，什么都看不见，怎么可能读得出这条箴言呢？记得那时我才二十岁，现在也许已经一百多岁了。我无法计算时间，感觉不到日、月和季节的变换，因此也就计算不出年头来，时间真是无穷无尽的呀！"

"真的是很可怜的人啊！"若弗洛伊感叹道。

"那么我想知道你是来救我的吗？"老人颤抖地说。"你会因此而得到回报的，那可怕的声音还对我说过：'即便你自己读不出这条箴言，要是有个善良的人能替你把它读出来，你也可以获得自由；而对你的救命恩人，我也会向你保证能满足他提出的第一个要求。但是只能限于一个，并且你要小心：如果他像你一样读不出来，他就得跟你一起永远被囚禁在这里！'"

"我本来就够痛苦的了，现在更增添了一层痛苦，因为有希望却又无法实现而感到痛苦。先不说没有人会甘愿冒风险，我现在的等待也是徒劳的，在你来这里之前，我还没有等到过这样一个人呢！"

"啊，这根本是不可能发生的呀！"老人绝望了起来："我想我不能、也不敢向你提出如此的要求！这漆黑的地方，你也什么字都看不见吧，这样的话你就得跟我一起被锁在这里。所以，请你走吧，快走吧！就让我一个人来承受这一切就好了，你快离开这里吧，现在还来得及！"

若弗洛伊对老人非常同情，他一时无法决定是否应该离开。他思忖着、盘算着，暗自想道：人不能用肉眼看穿这黑幕，但是他用耳朵和触觉说不定能做到。因为盲人的触觉和听觉一样，也是非常敏锐的。虽然他也知道要冒很大的风险，但还是鼓起勇气，举起白藤手杖。他用手杖在墙壁上探来探去，手杖顶端竟然真的碰到了墙上刻的字，根据碰触声的细微不同，他知道箴言被刻在哪里。因为他的触觉非常的敏锐，很快地便知道第一个字母的样子，接着经过小心翼翼地听又搞清楚了第二个字母的形体。

就这样经过好几个小时耐心的触摸，他最后竟然把字母全拼了出来，同时弄清了它们的含意。箴言的内容是：

> "没有根据就相信的人是傻瓜。
> 不知道究竟就否认的人是疯子。
> 如果领悟到这个道理，你就可以重见光明。"

最后若弗洛伊把这番话告诉给了老人。伊桑贝尔虽然内心激动，还是清晰而高昂一字不差地重复了这条箴言。一瞬间，他身上的锁链竟真的掉了下来，与此同时洞穴深处刮起一阵清凉的风，这股强风把他俩从腋窝下托了起来，带着他们移动。而当他们的双脚沾地时，就像随风飘荡的枯叶一样，已经落到了地道入口。刚到外面，伊桑贝尔再想回头看看的时候，暗道的大门却已经不见了。他们落下时撞了个满怀，若弗洛伊这时惊讶地发现贴着他的竟是年轻人柔嫩的皮肤，而他手里抓到的则是一件非常崭新而结实的布衫，于是惊奇地说：

"伊桑贝尔，你竟然变得年轻了！"

一点没错，伊桑贝尔也发现自己的胡须又变黑变短了，而他手上的斑点和皱纹也消失不见，他的双膝又恢复了活力，他忍不住地想跳、想跑！可是他发现自己的这位新朋友竟然是个双目失明的人，便忧伤地说道：

"啊，我的恩人！你重新给了我自由和青春，可你自己竟然不能看见光明。你还记得洛姆山神说过话吗？快说出你的一个心愿，让它变成现实吧！"

他理所当然地认为若弗洛伊会马上要求重见天日，于是才这样说了出来。但是令他大为吃惊的是，若弗洛伊竟然摇了摇头。若弗洛伊拥有无私的灵魂和骑士的心胸，尽管他还不认识巴蒂尔德，但是他已经爱她胜过了自己。因此他便大声地说道：

"我希望我所爱的姑娘马上可以听到声音，能够开口说话！"

当他的话音刚落，就感到自己像被卷进了一个漩涡中，飞快旋转的气流中他首先听到了一个尖叫声，紧接着就是一阵低沉的声音，后来才是从远处传来的一个人说话的回声。若弗洛伊明白他的愿望已经变成了现实，因此便高兴地挎着恢复了青春的伊桑贝尔的肩，请他把自己送回城堡。

就在此时，相距几里的一栋城堡里，年轻姑娘巴蒂尔德正像往常一样在织锦机前忙碌、快乐工作着。在鲜花与鸟群的拥簇下，她正在绣着一只正在与狮子搏斗的勇猛的麒麟。一团火在壁炉里劈哩啪啦地燃烧着，钟声在教堂里回荡，黄莺、黄鹂和丹顶雀在窗前欢唱……而她妈妈也像往常一样，正怀着赞美和疼爱的忧伤的心情，目不转睛地看着听不见声音的女儿的一举一动。忽然，她看到女儿猛地站了起来，然后发出一声恐怖的尖叫，用手捂住了自己的耳朵，并且不停地喊着"噢"和"啊"，感觉就像是她的耳朵被一种难以忍受的痛苦刺激了一样。看着她用双手紧捂住耳朵，目光茫然地在宽敞的房间里来回奔跑的样子，她的妈妈吓坏了。她一把抱住女儿，急切的问道："你怎么了，孩子?"

可怜的巴蒂尔德并不会讲话，自然很难回答她的问题。她说不出来当自己从万籁俱寂的生活中忽然闯进成千上万种声音时，自己所感到的是种怎样可怕的冲击。她只是惊慌失措地连连重复地喊着"噢"和"啊"，不过她的声音越来越平静，她好像已经渐渐适应了。一会儿她怯生生地放下了一只手，又松开一只耳朵，并且还把头低下来像是倾听什么似的。然后，她的嘴唇上泛起了一点疑惑的微笑，后来她缓缓张开嘴，发出了不断地笑声。于是她放下自己的第二只手，从母亲怀里出来，向着窗口欢快地叫个不停的山雀和小鸟跑去，然后又向妈妈转过身来。虽然这时她还说不出"我可以听见了! 我听到了微风，听到了鸟语，听到了钟声!"这样的话，她那张充满惊讶喜悦的面孔却表达了她要说的一切。于是她的妈妈就跪了下来，感谢上帝创造了奇迹。她当然还不明白这应该归因于洛姆山神，尤其要感谢若弗洛伊那自我牺牲的精神呢!

巴蒂尔德的幸福无法形容。她每天都可以听到各种声响和音乐。她聪明过人，很快就学会用耳朵听过去只能从唇形去猜测的别人说话的内容，并且很快地学会了讲话。连续好多天，她都沉浸在无限的幸福之中，享受着新的快乐。可是渐渐地，不知为何她觉得自己的心里产生了一种莫名的忧伤，心情变得沉重起来，感觉这种幸福就像是用另一个人的不幸换来的一样。自从可以听到声音以来，当人们来欣赏她的织锦时，她的耳边一直不断响起一个青年领主的名字，他会弹奏齐特拉琴，有着一副美妙的歌喉，只可惜这个人双目失明。这令她很快地对这个陌生人产生了极大的同情，并且压抑不住要去听他歌唱的强烈的心愿。一天，她说服了母亲陪她到那里去一趟。她们骑马很快就来到了若弗洛伊的城堡。她们在迎客厅里听众席里做好，等候着这位音乐家入场。很多人都注意到织锦能手巴蒂尔德的到来，妇人们都在谈论着她。年轻的伊桑贝尔听到了她的名字时，便走到她的身后，找地方坐了下来。不过开始时他什么话也没有对她讲。

当若弗洛伊入场时，巴蒂尔德不禁赞叹于他高尚的富有男子气概的面孔，甚至连那双看不见东西的乌黑眼睛也是世界上最美丽的。当他开始歌唱时，她深深地被他吸引，同时也为他感到不幸，几乎失声痛哭起来。就在这时，伊桑贝尔凑近对他说，若弗洛伊之所以是瞎子，只是因为他深爱着她，被这个消息震惊的巴蒂尔德更加渴望知道这到底是怎么回事。于是，伊桑贝尔就对她讲起了自己不幸的遭遇，以及他的朋友是怎样拯救了他并让他获得了自由，然后若弗洛伊又是怎样希望巴蒂尔德能听见声音，而宁可自己仍然失明。

巴蒂尔德最先感到的是非常震惊，她觉得自己在若弗洛伊面前简直无地自容，于是她飞奔着离开了城堡。回家以后，她仍然万分激动，整整一夜都不曾合眼。她发誓自己愿意为他去死，否则就把光明还给若弗洛伊。

因此，第二天清早，她骑着一批最好的马到洛姆山林里去了。这对一个女孩子来说是非常大胆的行为，因为森林里到处都有野兽和豺狼出没。但是爱情之火使她毫无畏惧，她的勇敢精神也令那些想侵犯她的猛兽望而生畏，谁也不敢上前碰这个姑娘。她记得伊桑贝尔所说的故事，她一面御马飞驰在山林中四处寻找，一面竭力气不停地叫喊：

"喂，神奇的洛姆山神，如果你真的存在，就快现身吧!"她想用这种挑衅的语言来激怒山神，好让他尽快现身。

但是一个多钟头过去了，仍然没有人回答她。后来她走到了一棵高大无比的冷杉树下，这棵树粗得像一座巨塔，高得看不见树顶。就在这时，她听到仿佛从地下传来一个低沉的声音：

"你是谁？竟敢向我挑衅！"

巴蒂尔德勒住了马缰，转过身。在那长满满沉重枝丫的粗壮水杉树上，她似乎看到了像胡须一样绿色的东西，那上面还有个黑洞，长得像一个嘴巴。

"噢，慈爱的山神，我并不是在向你挑衅。"她答道，"恰好相反，我是来向你诚心诚意提出一个重要祈求的，因为我认为有两件事你做的得不公平。"

"你说的是我吗？"那声音问道。

"是的，首先，你不应该因为开一次玩笑，就将一个年轻人在山洞里囚禁一百年，其实他并未有意加害于你。"

说到这，巴蒂尔德听见了一阵笑声。

"首先，他没有在那里呆上一百年，最多也不过一百分钟罢了，只是我让他觉得一分钟就如同一年那样长而已。再说，我如此惩罚他，是为了让他能学会更好地思考，再也不要去否定自己并不知道的事物，这其实是为他好。而且我告诉你，他现在确实也长进了不少。另一件呢？"

"就是，"巴蒂尔德说，"一位青年救了他。作为报答，你答应满足他提出的第一个心愿。可是他虽然双目失明，却没为自己要求什么。而你不应该只听他的，而应该让他重新见到光明！"

"那他提出的请求是什么呢？"这个声音问。

"啊，这并不重要。"巴蒂尔德害羞地回答说。

这时，她又听见了一阵笑声。

"好像我一点也不知道，是吗？"那声音说，"他不是为了让你能够听到声音了？你现在能听到了，你不感到高兴吗？"

"我的确非常高兴，"巴蒂尔德说，"但是自从我看见他、听到他歌唱，我觉得比以前还要痛苦。"

尽管有时候洛姆山神可能表现得十分严厉，但他实际是个善良仁慈的山神。巴蒂尔德的痛苦使他感动了，他决定考验一下这个年轻姑娘。

"那么，你是否同意为了让他能恢复视觉，而你从此再失去听力呢？"

他问道。

"同意。"巴蒂尔德毫不犹豫地回答。

在这时冷杉的枝叶微微抖动了一下。

"那真是太好了,"那声音说道,"你很勇敢!那好,你就从我身上剥下一块树皮吧。这很简单的。你将它拿回去,把它放进越桔、覆盆子和黑刺李这些野的果汁里,再倒进带蜜的甜酒里一起煮,然后让那个双目失明的年轻人和你一同喝下去,并且在心里轻轻祈祷他能够重见天日。这样你们就可以交换一下:他能够恢复视力,但你就要永远聋哑了!"

"我记住了,"巴蒂尔德说,"但是,我还是想说,仁慈的山神,这种交换同样是不公正的。"

"为什么?"那声音问道。

"因为,"巴蒂尔德说,"如果我再次成了聋哑人,不就违背了若弗洛伊的心意了么?"

"说得不错,"山神说,"但是我实在无能为力,我也只不过是个普通平凡的洛姆山林的守神,一个法力有限的普通森林之神罢了。我能使用的权力也非常有限,就只能满足一个愿望作为对勇敢行为的回报。如果让你能说、能听,同时又使若弗洛伊能看见东西,那还得要有第三个人的勇敢行为,不然就一点办法也没有了。"

的确,虽然可怜的巴蒂尔德认为山神提出的条件是苛刻,但她认为如果牺牲若弗洛伊双目复明的机会,来换取自己听见鸟儿歌唱的权利,这更残酷。于是她走近粗壮的冷杉树,剥下一块树皮。

"好吧,"神秘的声音说道,"你可得当心!一个人只有真正的勇敢无畏,我才会满足他的愿望。否则,那不幸便降临到这个提出要求的人身上。所以你要三思:要是在最后时刻你动摇或退缩了,你对这种交换的安排哪怕是有一点迟疑,将会给若弗洛伊和你自己招来大祸。所以,你先要打定主意才行!那好,再见,美丽的姑娘!希望你能成功!"

这冷若冰霜的警告令她有些不寒而栗,但她依然坚定着自己的信念。她转身回城堡去了,在林中和路上摘了黑刺李、越桔和覆盆子。一到家,她就把这些野果和冷杉树皮倒进蜜甜酒里煮起来。药酒做好了,还有一个最难的问题没有解决，那就是如何才能让若弗洛伊与自己一起喝它呢？

忽然她想起来在唱歌中间休息时，若弗洛伊为了清一下嗓子是要喝水。所以，她觉得最重要的事便是说服妈妈再带她去听一次他唱歌，当然她得保守秘密，要不然妈妈会拼死反对的。她很容易地得到了同意。

但是正当她们一起备马时，妈妈忽然问她：

"女儿，你腰带上系的那只银瓶是做什么用的呀？"

巴蒂尔德回答说："这是解渴的越桔酒，因为上次去听唱歌时，我很渴却没水喝！"

"这主意不错，"妈妈说，"到时候你也分我点喝。"

这可给巴蒂尔德出了个新难题，她该怎样拒绝她呢？如果妈妈和自己同若弗洛伊一起喝的话，不会给她带来什么灾难吗？如果妈妈聋哑了怎么办？所以一路上她都不断担心，思量着到底该怎么办。因为忧心忡忡，她感到自己的勇气都变小了。

最终她想到了一个好办法，只有这一个办法能让妈妈免遭可怕的危险。为了让若弗洛伊能与她同时喝完手里的酒，她必须再找个人帮忙才可以，而这个帮手的最佳人选就是勇敢的伊桑贝尔。果然她刚到场时，第一眼就看见他，她非常高兴。她暗示他过来，伊桑贝尔就一走到她面前。于是她小声地给他讲了洛姆山神说的一切，她希望他能帮助自己和母亲、若弗洛伊做些什么。伊桑贝尔听了之后激动地告诉她愿意做，但是他并没有告诉她自己也有了主意。巴蒂尔德看着他把一点越桔酒倒进为若弗洛伊准备的杯子，并且拿去放到了他身边的那只齐特拉琴上。接着他又拿来了两只酒杯，一只递给了她，另外一只给她妈妈，但是他并没有让她看到他同时还为自己准备了第三只。

这时，若弗洛伊走进来，向大家行了礼后，他就开始弹齐特拉琴，唱起歌来。巴蒂尔德听着，听着，觉得自己刚刚的勇气一下子又消失了，她想到："我以后再也听不见这样优美的歌声了！"这对她来说是如此痛苦，以至于她想不去喝越桔酒。可她明白这是一个很可怕的念头，洛姆山神曾提醒她：当她将酒杯举到唇边时，只要有半分犹豫，那么他们两人都将遭遇天大的不幸，那样她的心愿就无法实现了。就在这个时候，若弗洛伊已经唱完了三四首歌，他的每首歌都受到了热烈欢迎。因此巴蒂尔德想到，要是她不坚定地把酒喝下去，若弗洛伊就会一辈子生活在黑暗之中。她顿时浑身又重新充满了力量，就镇定地向自己的酒杯和她妈妈递过来的酒杯里倒进一点果酒。当她看见若弗洛伊举起了酒杯，在张开嘴准备喝下时，她也像他一样拿起了酒杯。就在这时，伊桑贝尔忽然站了起来，按照商量好的那样，装成不小心的样子，把巴蒂尔德妈妈的酒杯撞翻了，使里面的酒全都洒了出来。但是伊桑贝尔并没让巴蒂尔德知道在酒洒出来的同时，他立刻用事先准备的另一只酒杯，非常敏捷地接好，同时将它放到了自己的嘴边。当若弗洛伊举着杯把酒喝下的同时，巴蒂尔德也跟着一饮而尽，她想着："但愿他能够重见光明，即使让我重新变回聋哑人也好！"与此同时，伊桑贝尔也喝了下去，他想着："但愿美丽的巴蒂尔德安然无恙，让灾难降临到我身上来好了！"

若弗洛伊在把酒喝完以后，便开始准备唱第五支歌。这时，伊桑贝尔和巴蒂尔德同时觉得自己的心愿似乎实现了：因为突然间他们两个都什么也听不见了，两人都以为自己聋了。不过这时的若弗洛伊突然停止歌唱。他的面孔变得异常苍白，两只眼睛睁得又大又圆，大家都非常吃惊，以为他病了。但是当观众们听到他喊出："啊，仁慈的上帝！"并且看着他双膝跪下、仰望着天时，每个人都明白过来这是由于他刚才突然能够看见了。于是听众们一齐朝他涌去，大家相互祝贺和拥抱，笑声和欢呼声连成了一片。只有伊桑贝尔无法像其他人那样高兴。因为这情况和他希望的相反，他还是听到了声音，他以为肯定是自己的垦求落了空，美丽而又勇敢的巴蒂尔德又什么都听不见了。可是当他看见她用既喜又惊的目光看向自己，同时扑进母亲怀里高兴失声痛哭时，他知道一切都称心如意，并且超出了自己的愿望，明白了正像洛姆山神所慷慨应允的那样：每个拥有勇敢人都得到了应有的回报。

姑娘，若弗洛伊就已经靠自己的感应从所有女孩子当中将她认了出来，并且觉得她比自己在想象中的还美丽。他急忙奔到巴蒂尔德的母亲面前跪下，请求她把女儿嫁给自己。他得到了满意的答复。这样，在若弗洛伊的城堡里举行了盛大的婚礼。

因为他们的品德高尚，在很长一段时间里，他们一直是最受人敬爱和最幸福的夫妻。他们婚后生下了三个儿子：阿尔贝里克、于尔里克还有吕多维克。

好了，现在开始就让我讲他们三个可爱的孩子的故事吧。

在听妈妈讲完这第一个故事之前，我一直努力克制着芥末面带来的痛苦，虽然我非常希望听到他们后来的奇遇，可是膏药的刺激对我实在太强烈了，我只好央求妈妈将它揭下来。不过我仍然怀着一份希望，那就是希望第二天赶快到来，好能听妈妈继续往下讲，那时哪怕要再忍受一次贴膏药的痛苦，我也觉得是值得的了。

七头怪兽

在巴蒂尔德生下三个儿子阿尔贝里克、于尔里克还有吕多维克之后，又跟若弗洛伊在一起幸福地生活了很长一段日子。可是有一天他们的命运发生了变化：若弗洛伊跟随他的君主去远方打仗，从此杳无音信，直到后来她才知道他英勇地战死沙场了。巴蒂尔德痛不欲生，可是为了把三个孩子抚养成人，让他们无愧于他们的父亲，不得不痛苦地活着。

后来，在他们居住的这块土地上，领主之间也爆发了战争，无数的灾难和不幸接踵而来。为了躲避杀身之祸，巴蒂尔德便带着三个孩子逃了出来，只随身携带着一点金钱和财物。他们还没有走出多远，就看到自己城堡起火了，而且很快地就被熊熊的火焰吞没了，它就这样被抢劫者付之一炬了。

历尽千辛万苦，巴蒂尔德母子四人才到了今天我们看到的这处村落，他们住在一所不大却还不错的房子，尽管生活并不宽裕，却也并不艰难，因为周围没人比阿尔贝里克还会打铁、比于尔里克还会煅铜，同样没有人比吕多维克更会炼锡，因此他们都能很好地生活。

老巴蒂尔德眼睛不好，再也不可以织锦毯了，但是她在孩子们中生活得很快乐，儿子们都很爱她，给她带来快乐。她经常想着两个较大的孩子该像他们的爸爸一样做个好丈夫了，至于吕多维克，他还小着呢！但是她也并不急于让他们马上成家。因为让他们都一陪在自己身边很幸福，况且两个儿子的亲事也应该像人们说的那样"门当户对才好"，所娶的小姐必须在才能和品德上都能和他们相配才行，这可不是一下子能找到的。

　　因此，时光就这样日复一日、月复一月、年复一年地过去了，始终平安无事。可是有一天，一清早就骑着大白马去捕野猪的阿尔贝里克，直到晚上平常该回来的时候仍不见人影。黑夜已经降临了，他还是没有回来。这时巴蒂尔德像所有的妈妈一样，开始越来越不安起来。

　　他到底出了什么事呢？

　　别着急，在这之前还有一小段插曲，那就是在兄弟三人住的房子外面各有一座花园，每个花园中都有一口井。可是这三口井很与众不同，它们可不是普普通通的井，而挖这三口井的也都不是普通的人。

　　一天，正当三弟兄在花园翻地种花时，他们看见一匹口吐白沫的马，正向他们飞奔过来。由于它跑得太累、太久，刚刚到他们跟前就倒在地上，动弹不得了。因为呼吸非常急促，它的两肋剧烈地不停起伏，好像就快要炸裂一样。这时候骑马的人也和马一同倒了下来，他的一只脚被压在了马身下，已经不省人事了。他的衣服也布满了灰尘，连颜色都分辨不出来了。因为腿被压着，他们很难扶他起来，他们还发现他跌下来时受了伤。于是他们便把骑士小心翼翼地抬起来，让他躺到吕多维克的床上，因为吕多维克年纪最小，可以睡到妈妈那里去。过了一个多小时，马和人才苏醒过来。于尔里克便把马牵到自己马厩里，系到自己马的旁边，并往槽子里倒进满满一大袋燕麦，那匹马饿急了，很快地就把燕麦吃得精光。同时，阿尔贝里克给骑士摔伤的腿上好夹板，调上浆，做好托架，以便把腿重新接好。

　　骑士醒来后看见这一切，便对他们说："年轻人，我跌倒在像你们这群热心正直的好人家门口真是幸运，我对你们真是感激不尽。我随身带着许多财物，你们本来可以将它抢走的，但是你们却连口袋都没有打开。不仅这样，你们还尽心地照顾我，使我不至于因为摔伤而成为残疾。这一切是值得我报答你们的。现在就让我兑现所说的话吧!"

"我不能告诉你们我的名字,告诉你们也没什么用。我之所以跑得这样急,甚至将生死完全置之度外,不顾马匹的死活,是为了不让强盗把这笔钱财抢去。这些财宝是不属于我的,而是博海姆国王送给奥尔冈德大公的。可半路上,当我穿过日尔玛尼的黑森林时,因为马脚跛了,我得下来步行。突然发现一只大熊就在眼前,它笔直地靠后爪站立起来,伸出两只前爪准备向我扑来。然而就在我拔出匕首时,熊突然开了口:

"别杀我!你看,我已经受伤了。"

"说着,它转过身去。一支箭正插在它的背上。我轻轻地帮它把箭取了下来,然后用手绢挤出伤口里的血水,再从我的酒壶里倒出一点酒帮它擦洗干净。这时熊又对我说:

"'你真善良。你本可以在我受伤时杀了我的,但你却救了我。作为报答我要告诉你一个秘密:你只要用这块沾着血迹的手绢去擦铁锹或铁铲,它就能变成神锹或神铲了。它干起活来飞非常快,只要煮一个鸡蛋的功夫,就能挖出一口井,而这井里的水是神水。当你平安无恙时,井水会晶莹透亮;当你遇到危险时,那井水就要变浑浊;如果你遇到致命的危难时,它就会变得像浓黑如墨。这样,根据井水的颜色变化,你就能及时地采取预防措施,即便你身在远方,你的父母和朋友们也可以得知你的消息赶去救你。'"

"我就问它:'这把锹一共能挖多少口井?'

"熊回答说:'对于那些你认为值得的人,你想挖多少就可以挖多少。好了,你走吧,非常感谢。愿上天保佑你。'它说完就离开了。

"因此,只要你们愿意,"负伤的骑士最后说,"等我能够行动时,我就按那只熊所说的,为你们每个人挖一口井,这样当你们之中谁遇到危险时,就可以提前知道了。"

果然,等到他的腿痊愈之后,他便履行了自己的诺言。他用沾有熊血的手绢擦了一把铁锹,很快,这把锹就以匪疑所思的速度挖出一口井来,然后挖第二口井,又挖好了第三口井,每次刚好只用了煮一个鸡蛋的时间。在每眼井里,井水清澈晶莹如水晶一般。井挖好以后,骑士拥抱过三个兄弟后，便扬鞭催马，绝尘而去了。

　　从这以后，阿尔贝里克、于尔里克和吕多维克每个人的花园里都多了一口井。这口井已经向他们显示了好几次自己的魔力，只要它的主人遇到一点危险，井水就会变得浑浊起来。就像有一天吕多维克摘了些蘑菇回来打算做菜吃，可是他并不知道其中一个蘑菇带有剧毒的，结果井水几乎变黑了，他及时发现才得了救。老巴蒂尔德是最经常到这三眼井旁边看得人了，这样她就每天都能知道儿子们的情况了。

　　一天，大儿子阿尔贝里克为了给家人带回新鲜肉食，在去林子里打野猪时，遇到了一头非常狡猾和厉害的老野猪。阿尔贝里克对它紧追不舍，骑着马不知走过多少原野和森林，可是等到他最后杀死这头野猪并且把它放到马上时，他已经不知道自己来到了什么地方。夜幕降临了，他只能凭借着星光认路，可是森林里树木茂密，他什么都看不清楚。就这样走着、走着，等到天亮以后，他比前一天夜晚还晕头转向。可是，当他登上一座最高的山头，他在地平线上看见了一座他没见过的城市。那里，一些高大的拱顶和塔楼在阳光下熠熠生辉。阿尔贝里克想：到那里人们一定能告诉他这是什么地方，也会给他指出归途的。因为人困马乏，他用了一个小时才到达城边。可是进城之后，他惊讶于他所看到的一切。因为每一条街道、每一座房屋都沉浸在悲哀之中。每一家窗口都挂着长长的黑纱，壁炉四周都蒙上了黑幕，教堂也敲着缓慢而忧郁的丧钟。大街上，人们都穿着孝服，迈着沉重的步伐。没有人在交谈，人人都在低低啜泣。可是自从外出打猎迷路以来，阿尔贝里克没进食过任何东西，没喝过一口水，实在饥渴难耐，便走进了看到的第一家饭铺。这是一家非常漂亮的烤肉店。高高的烤炉上闪耀着欢快的火焰，上面挂着鸡、鸭、小羊脯和羊腿，烤得恰到火候，香气动人。在每张桌上，都放有盛满新鲜葡萄酒的容器。橱柜上的篮子里装着桃、梨和葡萄。阳光经窗口射进来，在厚厚的拼花玻璃上跳跃。这一切都昭示着生活的乐趣和欢快。但是当阿尔贝里克看见店主走过来问他想吃些什么时，他不禁又一次感到奇怪，因为他同样身着丧服，泪水不停地流到那愁眉不展的苍白的脸颊上。

　　"给我来一些火腿和啤酒。"阿尔贝里克说，点完餐，他又立即问：

"这里到底发生了什么事？为什么你们都这样哀伤哭泣？怎么全城的人都哭个不停？算了，你先告诉我这个城市叫什么吧，我打猎迷时路了，连自己现在在哪儿都不清楚呢？"

"你现在在奥尔冈德。"店主一边擦着泪水一边说。

"原来这里就是奥尔冈德大公国啊！"阿尔贝里克恍然大悟道："天哪，这里离我家很远呢！"然后他又继续问："现在请告诉我，你们为什么都哭成了这样了？"

"唉！先生，这是因为一件天大的祸事。奥尔冈德公国的居民们已经承受这样的苦难很多年了！"

"是什么样的祸事呢？"阿尔贝里克问。

"怎么？你没有听说过那七头怪兽吗？"店主问。

"没有。"阿尔贝里克答道，"你可知道，我的住处离这里是那么远……那这七头怪兽到底是什么东西呢？"

"那是一头可怕至极的巨兽，先生。它会喷火，很难对付。它就在城北奥尔冈德森林的深处。这头猛兽的身子像一只癞蛤蟆，却有马那么大；它像蜥蜴一样长着四只脚，七个脖子如同毒蛇一样长。七根脖子上又长着七个虎头，满口利齿能把一个人咬成两段。它的舌头像毒蛇一样带着钩叉。不过最让人害怕的是这家伙非常机警，就算只有一个人想要接近它都非常困难，更不用说人多时声响太大会惊动它了。还有就是它的蛤蟆皮比钢还坚硬，就算砍下了它的一只脑袋，但是如果不能同时把七只脑袋全都砍下来，那砍掉一个脑袋的地方又会长出七个头来。你想想看这多么厉害！它的每个脑袋都会喷火，因此它兽性大发时，要是夜里出来让囤满全年的谷仓烧成灰烬，对它来说简直是易如反掌。如果真这样，那整个公国就要闹粮荒了。因此只要七头怪兽有要求时，除了满足它的心意，我们没有一点其他办法。幸好它的要求只是一件事，而且自从它来了之后，每次的要求都一样，不幸的是这要求非常可怕。它的要求是每当月亮出现在毕宿五星座前时，给它送去一名刚满十八岁的姑娘。尽管这种情况一年才发生一次，可即便这样还是惨死不少姑娘。因为七头怪兽的目的是要娶这个姑娘为妻，可是它一呼吸就会喷火，所以它刚把她抱住时，年轻的姑娘立刻就燃烧成了灰烬。因为不能如愿，七头怪兽总是会大发雷霆，然后一个人带着怨愤度过一年。可是到下一次月亮再次出现在毕宿五星座前时，我们就还得给它送去新的牺牲品，不然公国的全部收成就荡然无存。

"然而，最最悲惨的是今年月亮在毕宿五星座前出现时，即将被献上的刚满十八岁的少女正是大公的女儿，我们善良而美丽的泽尔比娜公主。大家非常爱戴大公，人们一致推举他治理公国，他是奥尔冈德办事最公正、最有才智、最热爱和平的人。多亏他治国有方，二十年来战祸从未曾降临过这个公国。所以当人们得知今年要供给七头怪兽的女孩儿是泽尔比娜公主时，全城为之惋惜。其他女孩子都自告奋勇情愿去代替她，你知道吗？就连我的女儿也愿意为她去死。可是公主和大公都不同意这样做。大公坚持主张秉公行事，他完全不想利用自己的权势来让自己的女儿逃避厄运，坚持遵从共同的法律。因此泽尔比娜就将自己打扮得很美丽的出发了。所有的女傧相送她到了森林边，但是当她们听见怪物的嗥叫时，全都吓得跑开了，只有泽尔比娜独自向林中继续走去。

大公每年都会悬赏，只要有人能杀死怪兽并把它的七个头带回来就可以得到丰厚赏赐，而今年的赏赐更是和往年不同，今年的赏赐便是泽尔比娜公主。谁要是能救出公主，那样不等怪兽的七个脑袋腐烂掉就能娶她为妻。为此，已经有三个骑士去找怪兽决斗了，但是至今仍没有一个回来。从这以后，就再也没有人敢去送死了。所以现在可以肯定，美丽的泽尔比娜就要遭遇杀身之祸了，这就是全城的人悲恸欲绝，跟我一样哭成这样的原因。"

阿尔贝里克听到这里以后沉思了片刻，他又问道："你觉得她现在已经死了吗？"

"哦，不，肯定不会的，先生。"店主说，"绝对不会这么快的。你不知道，七头怪兽只有怒不可遏时，才会边呼吸边喷火。如果它想娶的女孩子对它表示顺从，那她就不会被活活烧死。可这根本不可能，因为那怪物非常残忍可怕，令人厌恶，从来也没有奥尔冈德的女孩顺从过了。可是它总不肯死心，总要花费很长时间，一天又一天地企图使自己的囊中之物回心转意。它又说又唱又跳的来讨好女孩子，每次都希望能够达到目的，可是最后，在它实在无计可施的时候，它就会失去耐性，扑上去硬要抱住女孩。但是因为它火冒三丈，能喷出几尺长的火焰，当它刚刚抱住女孩子时，那可怜的姑娘就立刻化成了灰烬。每年都是这样，真是什么办法都没有。"

"泽尔比娜真如你说的那般美丽吗？"阿尔贝里克停了一会儿后，接着问道。

"她比我所说的还要漂亮不知道多少倍呢！"店主说完，长叹一声。

"那好，"阿尔贝里克说，"我不要啤酒和火腿了，你给我拿一瓶奥尔冈德最好的葡萄酒和一块上好的羊腿肉来，你再告诉我通往森林的路怎么走好了！"

"可是，不幸的年轻人啊，你不可能活着回来的，所有去过的人都是有去无回呀！"

"你尽管给我拿烤羊腿和酒来就好了！"阿尔贝里克说道。

于是，他在美美的吃了一顿，精力恢复之后，就让店主为他指明了去森林的路。纵身上马前，他请这位新朋友在他回来之前替他照看野猪，还告诉他要是自己回不来的话，就请他全家吃掉野猪，算是作为对一位年轻客人的怀念。说完他头也不回地走了，店主挥手与他道别，哭得比原来还要伤心。

他很快便走进了森林。为了不迷路，他尽量骑着马沿直路走。但是森林非常茂密，慢慢地他就在树丛中迷了路，没过多久，他就已经搞不清楚自己到底是在什么地方了。然而正当他穿过一片矮林时，一阵奇怪的声音吸引了他的注意力，显然是有什么人在哭泣。他听见有人在哭喊："哎，我的上帝啊！哎，我的上帝啊！"于是他便绕着矮树林转了一圈，看到在树林后面坐着一位英俊的小伙子。他可能是一名年轻的宫廷侍卫。他戴着一顶插有三根羽毛的小帽子，身穿一件镶有鼬皮饰带的白绸大氅，脚穿着一双两色丧袜：一只黄黑相间，另一只黑紫相间。但是他的全身脏极了，布满灰尘。

"他大概是为公主在哭泣吧！"阿尔贝里克想，同时向他问道："喂，你到底怎么了？"

"是这样的，"侍卫答道："我现在真不知该怎么办才好了。我不经许可就离开了城堡，现在却又不敢回去了。大公可能已经等我两天了，我是他的一名侍卫，所以你可想而知我会受到什么样的惩罚。我感到难过，因为可爱的公主已经变成了七头怪物的俘虏，她是必死无疑了。"

"那可不一定。"阿尔贝里克说，"那么你来这儿做什么呢？"

"我这个胆小鬼还能做什么！"年轻人提高了声音，哭得更加厉害了。他说："跟宫廷里所有的年轻侍卫一样，我们都非常爱慕美丽的泽尔比娜。我非常爱她，想要救她。所以前天我没同任何人打招呼就一个人出来了。但是当我听到怪兽的吼声时，就什么都顾不得想了，直接就穿过了树丛，拼命地跑掉了。因为我跑得太快，不但把马给弄丢了，而且还累得自己连站都站不稳了。"

"哎哟，我的天呐！"说完他又开始长叹起来："我离开宫廷已经有两天了！我一定会受到惩罚的，而且漂亮的泽尔比娜也将活不成了！"

"不要再哭了好不好？"阿尔贝里克安慰他说："我看你不如就给我带个路吧！"

"带什么路？"侍卫惊慌失措地问他。

"领着我去找怪兽。"阿尔贝里克回答。

"可它会喷火把你烧得一干二净的！"

"我自然有办法对付，这你不必担心。"

"我也想跟你去，可我怕我还没到那里又要吓跑了。你也不会例外，不然，那就太令人惊奇了。"

"我们还是继续走吧！"阿尔贝里克吩咐道。

在这段时间里，要说有谁最焦急不安，那肯定就是可怜的老妈妈巴蒂尔德了，由于大儿子阿尔贝里克外出打猎到现在还没有回来。最开始时她虽然感到担忧，但觉得可以理解。因为，人们外出狩猎时，有时候是会赶不回来吃晚饭的。可是后来过了整整一晚，又过了一个上午，他还是没回来，于是她再等不了了，便跑到阿尔贝里克那口井边去仔细观察水的颜色。她看见水有些浑浊，还好并不明显。她想也许是他碰到了不好对付的猎物了。她安慰自己：要是他受了伤的话，水会比现在还要混浊的。几个小时过去了，等她再次回到井旁时，她看到水已经变成灰色了。当她仔细盯着水看时，水的颜色就在她眼下，越来越深，直到最后差不多都变成黑色了。

于是她一边喊着于尔里克的名字，一边又跌跌撞撞地飞奔进他的屋子。

这时候，于尔里克和弟弟吕多维克正在储藏室里劈些准备过冬用的柴禾，他问妈妈发生了什么事。

"你哥哥出事情了，"巴蒂尔德说："他井里的水像墨水一样黑，死神一定正在威胁着他呢！"

"愿圣母玛丽亚保佑！"她喃喃地说："希望打猎时他没有被凶猛的野兽伤害！于尔里克，你快骑上马，给我出去看一看！"

于尔里克非常敬爱他的哥哥，二话没说，马上备好马就出发了。他知道哥哥是去玛尔瓦基勒森林那里去打猎的，所以就根据阿尔贝里克的坐骑所留下的鬃毛来寻找他，因为他那匹白马尾巴很长，而且毛很密，当它在树林中驰骋的时候，一定会被荆棘刮掉一些鬃毛的。

果然在，于尔里克进入森林之后，就发现在荆棘上飘拂着一些银白色的、又长又软的鬃毛，它们由近到远，望不到头。于是他就沿着挂在枝条上的这些鬃毛，跟着哥哥留下的踪迹追赶。就这样，他走进了森林的深处。不久，老巴蒂尔德和小吕多维克听不见他的马蹄声了。

此时，老巴蒂尔德心中所牵挂的就又多了一个人，她又开始担心起于尔里克来了。她有些后悔自己打发他去找他哥哥了，假如同样的危险也发生在他身上那该怎么办呢？虽然吕多维克想尽办法去安慰她，但是全都无济于事。从这开始，他们就守在井边寸步不离了，吕多维克仔细观察着阿尔贝里克的井，而妈妈则守着于尔里克那口井。吕多维克便在那里对妈妈喊个不停：

"妈妈，大事不好了！阿尔贝里克哥哥井里的水全变黑了，黑得什么也看不见了。啊，它现在翻滚起来了，像开了锅一样沸腾！上帝，它刚才的声音真吓人啊！妈妈，这究竟是怎么一回事？一眨眼功夫，它现在又像以前一样清亮了，亮得好像清澈的水晶呢！"于是他高兴得手舞足蹈，情不自禁地欢呼起来。

可是，俯身在察看于尔里克井水情况的妈妈只是回答他说：

"知道了。可现在于尔里克井里的水却变得更加浑了。"

于是母子俩就一直久久地察看着，到晚上时，水的颜色变浑得越来越快了。于是巴蒂尔德大惊失色地说：

"井水变灰了，完全变黑了！圣母玛丽亚，这一回轮到了可怜的于尔里克受到生命威胁了！如果我不像现在这样老得不中用该有多好啊！我怎么长不出一副飞毛腿来呢？"

她哪里知道吕多维克也已经一声不响地离开了她，他上了自己的那匹小马，现在正飞似地向着森林进发呢！

当巴蒂尔德听到动静时，这位可怜的老妈妈只能搓手叹息，难过得比之前还要厉害。整整一夜，除了每隔一会儿拿上蜡烛去看一下吕多维克的小井之外，始终没离开过于尔里克的井一步，因此她也就没有发现在阿尔贝里克的那眼井里，水清亮的时间并不很长，几小时之后，它又变得浑浊了，并且渐渐恢复成了黑色。

阿尔贝里克井里的水变深的原因是不难猜到的，对吧？井水之所以开始时在巴蒂尔德眼面前越来越浑浊、越来越黑，那是因为在奥尔冈德森林里，他与那个年轻的侍卫正离怪兽越来越近，所以离死亡也就越发接近了。

当那个可怜的侍卫再一次听见怪兽从树林里发出的响声之后，又吓得飞快地逃走了，把阿尔贝里克一个人丢在了那里。进入这个阴森无比的茂密森林之后，阿尔贝里克便朝着七头怪兽发出雷鸣般的声响的地方走去。在林中空地上，他终于发现了躺在草地上的恶魔。它正像一个生气的小孩子一样在地上打滚，因为是别人违背它的心意而在大发雷霆。它那七个虎头在脖子上不停地晃动着，此起彼伏的伸缩着，不断地往复交替着，让人看了头晕目眩。同时那七个脑袋还在轮流讲话，这一个刚开始讲一句话，那一个就接着往下说，听了令人头疼欲裂。而就在前方离它二十步远的地方，一个姑娘被绳子绑在一棵粗壮橡树上，她正镇定而高傲地注视着恶魔。她长得非常美丽，令阿尔贝里克一见钟情。他下定决心一定要救她脱险然后娶她为妻，为了这个梦想就是死了也心甘情愿。

不管怎么说，得先救她脱离虎口，首先必须先把恶魔吸引开。于是阿尔贝里克就拿起剑敲起他的大铜盾，那张盾的声音像教堂里的钟声一样洪亮，怪兽猛然听到声音吓了一跳，便立刻把七个虎头朝向阿尔贝里克和他的坐骑。片刻之间，它暴跳如雷，从七张嘴里喷出了几尺高的七团火焰，那蛤蟆身子也在蜥蜴脚上直立起来，并且向前猛扑过去。阿尔贝里克眼疾手快，只见他对着马屁股狠刺了一下，便飞奔进了树林里。这时他胸有成竹地做好了战斗的准备了。渐渐地，他把怪兽引入了丛林最深处，没多久，就令它陷入了困境，那七个脑袋和七根长脖子已经东一个、西一个地被枝杈缠住了，它的身体也难以挪动，到后来已经不能动弹了。怪兽越是不得脱身，越是怒吼狂叫。它的怒吼声响彻丛林，吓得地上的走兽见洞就钻，天上的鸟也都飞向最高的冷杉树顶。见怪兽已经被困在树丛中间，阿尔贝里克想验证一下烤肉铺店主所说的话是不是真的。于是他拔出长剑，砍掉了它的一个脑袋。果然，它又重新生出了七根长脖子，上面又长出七个脑袋。这样一来，怪兽虽然少了一个脑袋，但现在却有了几个新的脑袋，这样的话，总共就是十三个脑袋，而且在这十三张虎口中，有一张还险些咬住了马腿！只不过十三个脑袋全缠在枝杈中间，更加动弹不得。于是阿尔贝里克便趁机脱出身来，全速跑向林中空地。到了空地，他一剑砍断了捆住姑娘的绳索，将她从地上抱起来，放到马上坐好。十分钟之后，阿尔贝里克已经一口气跑出了他和年轻侍卫之前走过的那条小路，来到了树林外缘。在那里，他们已经能够看到远处沉浸在哀伤之中的奥尔冈德城了，它的拱顶和钟楼正在阳光下闪闪发亮呢！

这时，年轻的公主对他讲道：

"英勇的骑士，虽然我不知道你是谁，可我非常敬佩你的勇气。感谢你英勇地把我从怪兽的手中解救了出来。我之所以听凭你把我带到了这里，是想再享受一下最后几分钟的生命和幸福。啊，如果我还能活下去，我一定会深深地爱上你！可惜这是不可能的呀！如果我听凭自己内心情感的驱使，和你一起逃走的话，明天这个恶魔会把奥尔冈德的庄稼烧个精光的。这样，冬天来到时，全城的人就会都饿死的。所以，你还是把我送回去吧，请允许我给你一个吻作为对我的纪念吧！"她一边说着一边拥抱着他亲吻了一下，并且催促着说："快走吧，让我听天由命好了！"

"公主，"阿尔贝里克笑着回答她说："你的话我都愿意服从，除了要我离开。我曾发誓要救你脱险，娶你为妻，否则我宁愿去死。你就在这百年白蜡树下等我回来好了。我会去找那个恶魔决斗，不是它死，就是我亡。过一个钟头之后你如果还没有看见我回来，那就是它打败了我。现在，请你为我祝福吧！"

"我的英雄啊，"公主说，"如果那怪兽伤害了你，我也会去死的。那样，不管生死我们都是永远的夫妻。拥抱我吧，我永远爱你！"

说完，她伸出双臂抱了他。他们怀着真挚的爱，用尽全身的力量紧紧地拥抱着，这唯一的一次亲吻两人铭刻在心永生难忘。但就在此时，恶魔的狂吼声逼近了。阿尔贝里克再没有多说什么，只是深深地看了她一眼，就扬鞭策马迎了上去。还没有跑出多远，怪兽就来到了跟前。现在它又只剩下七只脑袋了，原来那些新长的脑袋存在的时间也是有限的，搏斗一停止它也就自然消失了。重新交手之后，他们的打斗更加激烈。这一次，阿尔贝里克选择了窄狭的道路，让怪兽只能跟在他的身后爬行，好让它精疲力竭。果然，在阿尔贝里克这样逗弄着怪兽长时间地在林中穿来穿去，到达林中空地时，这个倒霉的家伙已经累得精疲力尽了。

这时，阿尔贝里克又骑在马上悠闲地和它兜起了圈子。七张虎嘴不停地喷出火焰，把四周的空气都烧红了，弄得三十步以内全都臭气熏天，阿尔贝里始终和它保持着一定的距离。开始时，阿尔贝里克只是任凭马小跑着，并且一边围着恶魔打转，一边对它说道："你怎么会呼出这么难闻的臭气，难道就不觉得可耻吗？"

"我呼吸的时候就是这样，"怪兽明显感到受到了他的嘲弄，回答说："如果你不喜欢，你完全可以不闻嘛！"

"你应该请人把你那张嘴好好治一治。"阿尔贝里克接着绕着它打转转，并且挖苦它道："我是说你那几张嘴，好让它们说话能干净些。你大概有牙齿坏了吧，难怪这样臭气熏天，像烧焦的角骨一样非常难闻！"

"你管好自己吧。"气得发疯的恶魔一边狂咆哮着，一边用七双眼睛紧盯着他在那里兜圈子，同时身子也跟着不由自主地转起来。由于它那硕大的蛤蟆身躯非常笨重，而且脚爪又很短，所以七个脑袋转得要比身躯快，它的那些脖子也开始缠绕到一起，就好像拧成了一股的几根绳子。

"我如果是你，一定会去含薄荷糖的。"阿尔贝里克故意这样激怒它，并且让马跑得越来越快。

"你管好自己的事得吧！"怪兽被气得嗥嗥直叫，同时七个脑袋也跟着越转越快，目光一时也没有离开过阿尔贝里克。

这样转着转着，越缠越紧，没过多久，七根脖子便完全缠到了一块，就像压榨机上的旋转螺丝一般，而那七只脑袋好像插在上面的一捧杜鹃花。这时只见阿尔贝里克纵马向前冲去，穿过了烟火，手起剑落，非常干脆利落地，把那七根缠在一起的脖子一起砍断了，七个虎头刹时滚到了地上。这样就没有一处断口来得及再长七次。就连再长一次也来不及了，于是没有了脑袋的怪兽便立刻倒了下去，一命呜呼。

胜利的阿尔贝里克跳下马来，他想把这砍下来的七只虎头整理一下，好带回奥尔冈德，作为他杀死了恶魔的证明是，并且请大公实践他的诺言，允许美丽的泽尔比娜与自己成亲。

可是每一个虎头都要比南瓜还大，所以七个加在一起体积已经超过了他骑的马，把它们都带回去显然是不可能的了。于是他就拔出他那把猎刀，把七张巨大的嘴巴依次撬开，割下了怪兽的七根带岔的舌头，然后把它们放进了手帕里，一起装进挂在腰带上的皮包里。然后，他重新跨上马，兴高采烈地向林边快速奔去，希望马上见到泽尔比娜公主。可当他到达公主应该在那里等候的大白蜡树下时，却一个人影都没有了。

到底发生了什么事呢？可怜的阿尔贝里克很快就清楚了。因为正当他怔在那里惊讶地看着那长满青苔的树杆时——年轻的姑娘本应坐在这棵大白蜡树桩上的——他听见身后响起了一阵狂笑声。他马上转过身来，看到另外一名骑士一边上下打量着他，一边笑得在马鞍上前仰后合。

"先生你也感到惊讶了呀！"这个不速之客声音刺耳，狞笑变得更凶了。

"公主到哪去?"阿尔贝里克大喝一声,把剑从鞘里拔了出来。

"别发火,千万别发火。"那人悠闲地说。他一只眼上罩着黑纱罩,下巴上的胡须长得又密又长,那通红耀眼的颜色让人看了感觉像是在喷火似的。

一边说着,他又拿出一个两音哨子在嘴里一吹,于是阿尔贝里克立刻发现自己被十二个骑在马上的人团团围住了,他们全像那个首领一样魁梧高大,而且个个都是大胡子。

"你最好乖乖地把你的剑交出来,"那人又说道:"再说,你还能做些什么呢?我和我手下的人已经把那只倒霉的七头怪兽杀死了。我想这你应该是清楚的吧?"

"胡说,明明是我一个人把它杀死的!"阿尔贝里克反驳着,他感到自己蒙受了奇耻大辱似的。

"啊呀呀!你这是在白日做梦吧?"那匪首一边说一边大笑不止,"至于你亲爱的公主,我的手下已经带着她一起上路,往父王的宫殿赶去了。过一会我就会去追上他们,好到大公那里去领赏!我希望你能赏我个脸,到时候来喝我与漂亮的泽尔比娜公主的喜酒,怎么样?"

阿尔贝里克虽然想举剑向他冲过去,可寡不敌众,最终成了那十二名彪形大汉的阶下囚。他们夺下了他的武器,给他带上了锁链。就在此时,那个红胡子独眼龙纵声狂笑,扬鞭策马,朝着泽尔比娜和劫持她的手下走的方向奔驰而去,不一会,就绝尘而去了。于是其他人就押着阿尔贝里克穿过树林,来到了一座荒废的城堡,城堡墙壁上面长满了长荨麻和青藤,他们把他关押在一个和地狱的底层一样阴森黑暗的地牢里。

与此同时,那个名叫奥特弗里德的强盗头子正在带着哭得像个泪人似的泽尔比娜来到了奥尔冈德城堡。他一路上哄骗公主说怪兽已把那个勇士烧成了灰烬,后来是他出奇制胜,杀死了怪兽的,并且还告诉她,自己手下的人过一会儿就会送来七个砍下的虎头,好为他所说的这番话作证;他还告诉公主得准备和自己成亲。

可是他并没有发现就在离他不远处,一名骑士正悄悄地跟随着他们。这人正是那名年轻的侍卫。他把一切都看得清清楚楚。由于对自己的怯懦行为感到羞愧，后来他又重新折了回去，并骑着马胆颤心惊地靠近了林中空地。他亲眼目睹了阿尔贝里克和恶魔搏斗的场面，然后又紧跟着他穿过了森林。只是由于阿尔贝里克记挂着去寻找他的心上人，马骑得非常快，他想追也没法追上。这样，当年轻的侍卫赶到的时候，正好看到他如何成了那十二名强盗的俘虏，并且听到了他们的对话。由于身单力薄，他并没有尝试去救他，他明白那显然是枉费心机。于是他就悄悄地跟在了奥特弗里德后面，准备把事情的经过原原本本地告诉公主。他本打算不被人发觉的情况下走到她的身边，可是事与愿违。结果他刚一进宫，侍卫队长就把他叫了过去，劈头盖脑地训斥他：

"你这两天跑到哪里去了？"

他刚要张开嘴回答，队长马上又冲着他说：

"你给我闭嘴，你这个混账东西！"

他不由分说地下令惩罚他的无故离队，并让一个更年轻的侍卫监督着，在一间房子里关上整整一个星期不得外出，这种处分有些像我们今天军队里实行的那一套"严厉禁闭"。

可是这个时候在城堡里已是盛况空前。公主的归来和奥特弗里德的宣传大出所有的人所料。大公如果不是因为看到公主哭得那么伤心也一定会流下喜悦的泪水的，可公主还是鼓起勇气擦干了眼泪，因为尽管她觉得恶魔在杀死了那位青年勇士之后死得过于蹊跷，但是怪兽终究还是被杀死了，这毕竟让全城免去了最大的灾难，因此自然也就成了奥尔冈德许多年没有出现过的空前盛事。于是她亲自登上城堡，向被嘹亮的号声召唤来的全体奥尔冈德居民传达这一喜讯。而那位心地善良的烤肉铺店主也挤在最前面，悲喜交加地站在那里，因为他也料想阿尔贝里克必死无疑。奥特弗里德的七名手下每人手上捧着一个虎头，像展示七件战利品那样，把它们展示兴高采烈的人群观看，而可怜的泽尔比娜只能在欢呼声中让奥特弗里德为自己戴上了订婚戒指。虽然她心里万分痛苦，觉得奥特弗里德长得无比的可怕丑陋，而他那火红的大长胡子对她来说简直就像七头怪兽喷火的口臭一样令人厌恶，她还是尽力克制住自己，伪装出了一副笑脸。

随后，大家都离开了城堡。这时，泽尔比娜觉察到有一只小手往她手里塞入了一张摺成四叠的羊皮纸。于是她心脏开始剧烈跳动直觉告诉她，这封羊皮信会为她带来她心爱的骑士还活着的消息，她相信这封信一定会告诉她那位高尚的骑士还尚在人间。于是她赶紧把信放进上衣里面藏好，晚餐时，她一直觉得这封信紧贴在胸前，温暖着自己。当她得以脱身回到房里时，在便迫不及待地来到烛光下把信打开读起来：

"亲爱的公主：

杀死七头怪兽的勇士并不是奥特弗里德，而是救了你的那位骑士。我亲眼目睹了一切。奥特弗里德是坏人。他的手下人劫持了那位勇士，把他绑走了。原来我也是为了杀死恶魔解救你才到森林里去的，但我因为贪生怕死临阵脱逃了。现在侍卫队长为我擅自离队而关我禁闭，因此我无法出去。所以委托看守我的小侍卫传达给您这封信。如果你愿意，我可以将一切真相告诉你和大公。

宫廷第三侍卫　埃利阿森"

泽尔比娜才把信读完一半，就跑去她父亲那里了。他们派人找来了埃利阿森，仔细地听他讲述了亲身经历的一切。

"可这该如何才好呢？"大公说，"唯一的证物，就是那恶魔的七个虎头，而它们却到了奥特弗里德的手里。要是把他扔进监牢，不让泽尔比娜嫁给他，奥尔冈德的居民会认为他们的大公出尔反尔，会认为我是由于奥特弗里德深得民心而惧怕他，并且会认为我对一个真正的英雄以冤报德。那样一来，奥特弗里德的手下也会借机煽动人民起来造反。战火一旦蔓延，造成的不幸不知会比七头怪兽活着时大多少。"

泽尔比娜很通情达理，她没法否认父亲所说的一切。不过她还是劝说了父亲把婚期推迟，并且尽量不去激怒奥特弗里德。她希望在这段时间里，大家能够找到被囚禁的勇士，揭露奸徒的那个骗局。

无魂精灵

那么，这时的于尔里克又如何了呢？你还记得当老巴蒂尔德跑过来告诉他大哥的井水变黑了时，他与弟弟吕多维克正在劈柴。于是他立刻骑马向森林追去，在那里通过阿尔贝里克的白马西一处、东一撮地挂在灌木丛的鬃毛，他可以沿着踪迹找路。可是现在出了树林，再也没有荆棘，再看不到鬃毛，该向哪里走好呢？

正在他犹豫不决时，忽然他听见离身旁不远的灌木林里传出了一阵声音。跟着，一头野猪冲出林子，穿过草场向前蹿出去。于尔里克知道自己的哥哥是去打野猪的，也清楚野猪通常会选择走同一条路线，于是他当机立断，向这只野猪追去。他追了整整一天，穿过许多草地和森林，同时从荆棘上发现白马柔软的鬃毛，他知道自己跟踪的方向始终没错。

当夜幕降临的时候，野猪突然消失在一条山谷里了。那条山谷很狭窄，骑着马根本过不去。这时太阳也落山了，在那遥远的，被晚霞映红的地平线现出了一个黑点。于尔里克这才发现那是一座非常高大的城堡，它的四周矗立着尖顶的塔楼。

"如果猜得没错，"于尔里克自言自语道："大哥应该也发现过这座城堡的。那时，大概太阳也正像现在这样子刚刚落山，而且他也想到了要到那里借宿。如果我是他，一定会这样做的。好吧，就去那城堡吧，不过我必须防备着点。因为如果他在那里遇到危险的话，那我恐怕也很难逃脱同样的命运。"

他随身带着一把尖匕首、一把利剑和猎刀，他想，应对意外的情况也是绰绰有余了。

他骑着马赶了一个多小时的路，终于来到了城堡的堑壕边。那里积滞一潭深暗色的死水，从水里传来的是青蛙和蛤蟆的歌唱。在它的上面，成群的蝙蝠飞来飞去。在堑壕的那一边，是橡树做的城堡的正门，门外面包着一层马蹄铁，钉着比柚子大的铁钉。吊桥就悬挂着。但是当于尔里克走近了堑壕的，那吊桥慢慢地放了下来，桥上的铁索撞击的叮当作响，桥板也发出了吱吱嘎嘎的响声。

"肯定是有人看到我了吧，"于尔里克想道，同时他心中一怔，"这难道是处陷阱不成？"但是他还是勇敢地上了吊桥。两扇大门忽地在他面前嘎吱一声打开了，门板同时发出了吱吱嘎嘎的响声。于尔里克进去了。这时候大门又在他身后伴着"哐"的一声关上了。这时候，他来到了一个铺着石板的院子里，院子四周的墙壁很高，就像可以一直触到黑暗的夜空。在那里，两名手拿火把的仆役正等候着他。在火光的映照下，成百只受惊的蝙蝠绕着他们飞来飞去。

他们扶他下了马，其中的一个仆役把马牵到了马厩里，另一个仆役领着他走向一座全是旋梯的塔楼。他们一前一后上了阶梯，然后仆役带领着他走进了一条又长又宽的长廊。那里的穿堂风非常的大，仆役只好用东西遮住灯火，不让它被风熄灭，而于尔里克也只好弯着腰才能朝前走。他们好不容易穿过长廊，跨过了一扇装饰着青铜以及象牙雕刻的大门，大门后面，一个身穿锦缎和丝绒的人正在等待着他。只听见这个人有气无力地对于尔里克说："欢迎您到特朗赛姆城堡来！"

于尔里克对他的友好表示了感谢，但同时也感到迷惑不解，这个人的一举一动实在是很奇怪。他虽然身材魁梧，但却满面疲惫，就连讲话时刚把手抬起来就得马上放下去，好像它有二百斤重似的。当他停止讲话时，整个面孔又一下子纹丝不动，就像一尊石像。他用一双蓝得出奇的眼睛打量于尔里克，但是这双眼睛似乎没有看到他一样。他等着于尔里克把感谢的话说完。可是当年轻人向他请教尊姓大名时，主人并没有回答他，只是继续用那无精打采的声音说了句："现在我们去吃晚饭吧！"

说完，他就转过身去，领着于尔里克向一间非常宽大的饭厅走去。饭厅里天花板和墙壁上的大理石能够与碧玉相媲美，富丽堂皇。他们在饭桌旁坐了下来。在那张铺着大白缎桌布的大桌上，摆着十只带有六个灯座的烛台，上面点着六十支光芒四射的蜡烛。仆人给他们上的汤是用野猪耳朵煨的，端来的冷盘是酱野猪肝丁，开胃菜是野猪头肉烩串，主菜是烤野猪腿。

"这个是我手下的人在今天下午才猎死的一只野兽。"主人用低沉却无力的声音对他解释道。而于尔里克却在心里默默想：这是不是那只他追了一天的那只野猪。

用完饭之后，主人继续用那与众不同的声音对他说：

"你今天赶了这么多路，大概也累坏了吧？我叫人领你到卧室去休息一会儿好了。"

然后，他摇了摇银铃，一个仆人立刻走了过来。他用手示意请于尔里克跟着自己走，并且领着他穿过了那条风非常大的长廊，朝着另一头一间地上铺着锦缎的房间走去。在那里，一张用羽毛铺成的床正是为他准备的。可当他刚一跨进房门时，就突然感到地板从自己脚下开始裂开了，于是他一头栽进了像暗井似的深渊，只觉得被重重地碰撞了一下，便不省人事了。

就在所有这些奇遇发生的这段时间里，也就是在阿尔贝里克被强盗们劫持着投进一处废弃的城堡里面后，以及在于尔里克动身前去找他，希望能在那阴森恐怖的、不可思议的特朗赛姆城堡里找到他时，他们的小弟弟吕多维克正骑着他那匹小马，来到了玛尔瓦基勒森林。

起初，他同样靠着于尔里克的棕红马和阿尔贝里克的白马挂在灌木丛上的鬃毛，顺着两个哥哥离开的方向去寻找。可是在穿过几处原野和森林之后，他发现哥哥们分道扬镳了，因为白马的鬃毛挂在了这边，可是棕红马的鬃毛却挂在另一边。由于他没有看到后来阿尔贝里克的井水再次变成了灰色并且变得越来越黑，就想大哥的井水既然已经恢复清亮了，那么他已经平安无恙了，我还是沿着于尔里克的马所留下的痕迹去找吧，因为他现在处在危险之中呢！

可是在骑马跑了一整天，当他又穿过一处森林时，他觉得自己的小马似乎腿有些跛，便骑着它来到一处森林中空地。那里的草非常鲜嫩肥美，他就跳了下来并对它说道：

"你应该累了，大概也饿了，那你就在这里休息休息，好好在这里吃个饱吧。我走着去找好了，等回来时我再来找你。"

小马欢叫着对他表示感谢，吕多维克抱住它的头亲昵了一下，就穿过森林独自上路了。

一小会儿，在他穿过一条小溪时，他看到一只小蚂蚁掉进了水里，它正在拼命挣扎着以防被淹死。于是吕多维克便折下一根小树枝，让蚂蚁爬到上面，把它救出了水面。就在这个时候小蚂蚁开腔了，让他听了大吃一惊。

"啊！"它说道，"我很少遇见过像你这么十分好心的年轻人。平常我碰到的都恶棍，他们不让我靠岸，甚至想看我究竟会不会被淹死，但是你却救了我一命。这样吧，你把我的一条腿拿去，保管好。如果你碰到危险时，需要让自己变得很小时，只要喊上一声'小蚂蚁！小蚂蚁！'你就可以变成像我这样小的蚂蚁了。然后，你把我的腿扔掉，就又可以变回小伙子。但是，这条腿只能够帮你一次忙，不要忘了！"

吕多维克谢过了它，便把蚂蚁腿包进了手绢里，穿过树林之后又朝前赶路了。走了一段路程后，他碰见了一只正躺在苔藓上的大狼，它一边舔着自己的爪子，一边不停地呻吟。吕多维克非但不害怕它，反而走上去问道："你是受伤了吗？"

"是的，"那只狼回答说："我被一根刺扎到了，而且刺扎得非常深，真是疼死我了！"

"让我来看一看。"吕多维克说着，便轻松地替它拔出了这根刺。

"啊！"狼对他说："你的心可真好啊。换上另一个人，非得乘机杀死我不可。那这样吧，你从我的脊背上拔一根毛，把它拿走吧。当你为了自救，需要一张厉害的嘴巴以及尖锐的牙齿的时候，只要对我喊上一声'我的小狼！我的小狼！'就可以变成像我这样的一只大狼了。然后你再把这根毛丢掉，便可以恢复原状。不过你一定记住，这根毛只能帮助你一次忙。"

吕多维克谢过它，把狼毛包进手绢后，又穿过了树林继续前进了。夜幕降临的时候，他发现不远的大树底下有一座烧炭人的小屋，他在里面发现了一张树叶铺成的床，便往上面一躺，呼呼地睡着了。

天亮之后，他又从森林里继续往前走，便来到了一处从来没有到过的地方。在这里，他再也看不见于尔里克骑的棕红马遗留下的那些鬃毛。没有了鬃毛指路，他不知道该往哪里走才好。

正当他思忖着该往哪边走时，突然听到不远处传来了一阵阵鸟儿短促的惊叫声。他转过身去看，看见原来是一条大蛇正在向一只鸽子慢慢靠近。这只鸽子非常好看，它要走的路被盘在那里的一条可怕的青黑蛇给挡住了。青黑蛇的头昂着，两只眼睛闪着银光。可怜的鸽子早就吓得晕头转向了，正一步步地跳着向蛇靠近呢！吕多维克所听到的就是由这只被吓坏的鸽子所发出的尖叫声。于是他冒着挨咬的危险，立刻向那条蛇冲过去。结果，那条蛇慌不择路地逃走了，鸽子因此而得救了，它飞上了天空，发出了喜悦的声音。

吕多维克看着它在自己的头顶上盘旋几圈，然后又落到了自己的肩膀上。

"你救了我的命，"鸽子说，"我想报答你。你有什么需要我帮忙的吗？"

"那好吧，"吕多维克说："既然你能飞得这么高，一定能看到我这样的步行者在地上看不到的东西吧。我在寻找我的二哥于尔里克。他骑着一匹棕红马。你飞起来吧，尽量飞的高一些，以便看得更远点。要是你遇见他，就来告诉我好了。"

"你说的是一个骑着棕红马的年轻人吗？我之前是看见过他的。"它说。

"他现在在什么地方？"吕多维克立刻激动地问。

"他在特朗赛姆城堡里。我和几百只别的鸽子就那边住在那个地方。昨天晚上，有个青年到那里过夜，他骑的是一匹高大的棕红马。如果他是你哥哥的话。我真担心他现在的处境很危险呢！"

"那个人肯定就是他，"吕多维克说："他到底会发生什么危险呢？"

"特朗赛姆城堡是无魂精灵现在的住所。"鸽子一边说，一边不断地战栗。

"无魂精灵？！他到底是什么东西？"

"那是一个根本不存在的人。"鸽子说。

"我还是不懂这是到底怎么回事。你能不能给我解释一下？"吕多维克说。

"确切地说他还是存在着的，"鸽子继续讲道："因为他毕竟还有个躯壳。可这个躯壳只不过只有人的形貌罢了，实际上并没有灵魂。假如碰巧有时有人从这儿经过，无魂精灵就会把他囚在地牢，然后摄取他的灵魂，再让灵魂进入自己的躯体，好变成一个真正的人。这座城堡名叫'特朗赛姆'（注：意即"转换再植"）就是这个原因。不幸的是，我猜想摄取你哥哥灵魂的圈套早就已经准备好了。"

"快点告诉我这个城堡在哪里，"吕多维克问道："我马上就到那里去。"

"你有没有看到这座山？它后面还有一座，再往后还有一座。等你翻过这三个山头以后，你就能发现城堡的塔楼了。不过你先等一等，拿去我肚皮下面这根小羽毛吧，把它包进手绢里。如果你想飞起来保护自己，只需要叫我一声：'小鸽子！小鸽子！'就可以了。这时你就可以立刻变成像我一样的鸽子。当你扔掉羽毛时，就又可以变回原来的模样。记住，这根羽毛只能帮你一次！"

吕多维克正要感谢鸽子并且前去寻找时，它又开了腔："还有一件事，"它说："你要记得，那无魂精灵是不死的，因为他没有灵魂，所以你想杀死他只是徒劳的。就算你对它戳上一千刀，也和戳一个枕头毫无区别，那些都是无济于事的。"

"但是，"吕多维克说："如果他已经摄取了我哥哥的灵魂，那他还不会死吗？"

"麻烦就在这里。当他有了灵魂的时候，你当然可以去把他杀死，但同时也就断送了你哥哥的性命。不过你记住，可能还有其他的办法。听说在他没有灵魂时，如果有人把一只鸽子生下的第一个蛋砸碎在他的额头上，那他就会立刻死去。可在这之前，得先让他把摄取了的灵魂都先交出来，而且还得找到这样的鸽蛋才行。不过这样的蛋太难找到了，因为无魂精灵有一个仆役，他唯一的差事便是看着所有的年轻鸽子，把它们的蛋全部都毁掉。另外，当他没有灵魂时，就好像猛兽一样作恶多端和残暴凶狠，他所做的第一件事便是把四周的鸽子全部都杀死。正如此这样我们才逃了出来，待等他摄取了一个人的灵魂之后再飞回去。因为那时他才能恢复人性，变得通情达理、宽容仁慈。他现在很可能已经摄取走了你哥哥的灵魂，因为你看，这里只剩下了我一个了，我的那些同伴们应该都飞回城堡去了。我不知道你如何才能救出你哥哥，只能祝你万事如意。你现在可以走了。"

吕多维克离开鸽子上了路，但鸽子还是在他头顶上飞了相当长时间给他指路，只是当特朗赛姆城堡已经出现在视线范围内时它才飞走。这时夜幕已经来降临了，吕多维克小心翼翼地向城堡靠近，防止被人发觉。靠近城堡的时候，吊桥已经悬了起来。他围着堑壕转了一小圈，周围全都是黑水，除了青蛙什么也没有。想要过去是不太可能的。突然他注意到有些枯叶在水面上浮动，风正把它们向城堡那边吹去。他顿时有了一个好主意，便轻声呼唤道："小蚂蚁！小蚂蚁！"他果然变成了一只小蚂蚁，而他包在手绢里的蚂蚁脚、狼毛以及鸽子羽毛也都跟着变小了，刚好藏进他前胸的那个摺缝里。他立刻跳上一片枯叶，让它慢慢地把自己带到了河对岸。过河时，虽然有两三次他险些被青蛙吞了下去，但他还是平安地到达了高墙脚下。这时他开始以小蚂蚁的样子绕着城堡跑起来。不多久，他在石头中间发现了一条细缝，他便从那里爬进了城堡里面。整整一夜时间，他从一间房子爬到另一间房子，跑遍了所有的地窖，找遍了每一层楼，才发现有一间他忘记进去的房子。在那间屋子里他看到了一扇活门，活门底下有一口井，在井底他找到了自己的哥哥。不过他那时正躺在地上，样子令人看了毛骨悚然。

不错，于尔里克一动不动地呆在那里，虽然双眼睁着，却没有一点反应。当一只苍蝇从他面前飞过的时候，他一下子抓住了它，那动作敏捷得跟一只猴子一样，不过他连头也没回，姿式和表情一点都没有改变，便把苍蝇吞下去了。吕多维克战战兢兢地轻声唤他："于尔里克！"这时候他哥哥才慢慢转过那大理石般的面孔，用迟钝和无眼的眼光看着那跟他讲话的小蚂蚁，就跟一头奶牛看着一列火车开过去那样。

"你好吗？于尔里克！"吕多维克对他说。

"你好！"于尔里克有气无力地回答他，说完他又扭过头去抓住了另一只苍蝇，再没理睬小蚂蚁了。

吕多维克这才失望地明白，正像鸽子曾预料的那样，他可怜的哥哥确实已经成了无灵魂的躯壳。

于是他决定去寻找摄取了哥哥灵魂的那个无魂精灵。他又迈开蚂蚁的小腿在城堡里四处奔跑了起来。就这样子，他穿过了无尽的走廊、宽阔的厨房、铺着华丽地毯的客厅、摆满装饰品和名贵家具的宽敞的房间，最后，又从门下面爬进了一间十分华丽的卧室，那里有张极其讲究的床，床上躺着一个俊秀而魁梧的人，不过他脸上罩着一些可怕的愁云。吕多维克听见他正在那里喃喃自语："我的上帝啊，我的上帝啊！谁能帮我得到解脱呢？"

就在这时，吕多维克打开他那块非常小的手绢，丢掉了蚂蚁之前给他的那条细脚，于是他又变回了一个小伙子。他说道："有什么我可以帮助你吗？"

"你是谁？"那人大惊失色，说着便立刻坐了起来。

"我叫作吕多维克。你是无魂精灵吗？"

"是的。可你怎么知道我的呢？"

"这并不重要，"吕多维克说："你为什么会如此愁眉不展呢？"

"因为在这个世界上没有人会比我更加不幸、更可悲的了。"无魂精灵深深地叹了口气对他说。

"就是你摄取了我哥哥的灵魂吗？"吕多维克问。

"原来他是你哥哥啊？"无魂精灵恍然大悟，"那么你应该对我恨之入骨了。"

"你为什么要摄走他的灵魂？为什么不能把灵魂再还给他呢？"

"因为一旦我失去了灵魂，就会立刻变成只有野兽本性的动物躯壳，那时我就只会为非作歹，而我的危害堪比那些最凶猛的野兽。我会杀人放火，会带领着盗匪踏平这里的一切，无数城市和村庄将会付之一炬，被抢劫一空。我只有在摄取了一个人的灵魂以后，才能变得通情达理。可是我此刻的思想和理智是以像你哥哥那样被摄取了灵魂的人的不幸作为代价的，他现在正代替我在城堡深处像牲口那样活受罪！我怎么能忘记他呢？忍受着对自己罪行的谴责以及因此而产生的悔恨，这就是我生活的全部，这种日子什么时候才是尽头呀！"他结束了自白，然后又重新叹息了起来："我的天呐，谁能救我脱离苦海呢？"

"如果你愿意的话，"吕多维克说道："也许我能办得到。"

"你?!可你怎么可能办到呢?"无魂精灵一边不相信地耸耸肩膀一边忧愁地说。

"你先把我哥哥的灵魂还给他吧，之后，你看着吧!我会有办法的!"吕多维克对他说。

"那是绝对不可能的，"无魂精灵再次叹息道："而且这根本无济于事。你知道这样一来会是什么结果吗? 如果要让我死去，就得拿一个年轻鸽子的第一个蛋往我脑袋上砸。可是一旦我去把灵魂还给了你哥哥，我就会立刻成了失去理性的的躯壳，我会叫人把所有的鸽蛋都砸碎。这时鸽子为了保全性命而全部飞走。然后呢，啊!愿上帝保佑这块地方的城镇以及居民吧!那个时候你可就什么也阻止不了啦，因为在这之前我非常可能已经把你先杀掉了。"

"可能我有办法防止得了的，让我们来试试看吧!还是说，你不愿意冒这个风险呢?"

"我吗?我自己倒不在意。刚才我不是对你说过，要遭殃的会是这块整个地区吗?"

"也许我有办法制止这场灾祸的。"吕多维克又重复着去说了一遍，"如果你怕的只是失去灵魂，那好办，作为交换条件，你可以随时把我的灵魂拿走。"

"不行，那可不行，你太年轻了，这样做只会带来灾难。要是我不领着你，你一个人能在这城堡的深处找到你哥哥吗? 你知不知道这里拥有一千间房间，以及同样多的地窖和阁楼呢?"

"那么，如果我没有你的帮助也能把哥哥找到，你还会以为我太年轻吗?"

"但是你无法找到他的。"

"那要是我找到他了呢?"

"那你就太了厉害，从来还没有谁可以把我藏在城堡里的人找出来过呢!"

"这么说我将会成为第一个了。我如果找到了他，你能把灵魂还给我哥哥吗？我再重复说一遍，你随时可以摄走我的灵魂的。"

"好的，你去把你哥哥找来吧！"

吕多维克不需要他对自己再重复这句话，他只要回想一下自己在变成小蚂蚁时所走过的路线就行了。因此，没有多费力气，他就在古堡的深处四处寻找关着于尔里克的陷阱。吕多维克让他站了起来，他哥哥也就像只狗见到主人一样跟随着他，为了再次看到他而高兴得手舞足蹈，欢蹦乱跳，像只狗一样快活地叫个不停，没头没尾地唱着孩童时代学的那些歌。就这样他们来到了无魂精灵的卧室里，此时他穿上了一件镶着金边的高级丝织睡袍。看见他们的到来他非常惊讶，不过他还是遵守自己许下的诺言。

"让你哥哥坐过来吧。"他对吕多维克说。于是吕多维克按他的吩咐让哥哥过去坐好。

这时，无魂精灵自己也在另一把椅子上坐了下来，正面对着于尔里克。仪式就这样就开始了。

他先从口袋里拿出了一面比一只水晶杯底大不了多少，比宝石还耀眼的小镜子。然后，他把小镜子倾斜成一定角度，使得它能反射月光，并且正好可以让月光照着于尔里克的额头。当月光刚刚一照到于尔里克时，他便昏睡过去了。这时无魂精灵口中开始念念有词，开始诵读祈祷起来。虽然只能勉强看到他的嘴唇存那里一张一合，但是吕多维克的耳朵非常灵敏，听到了他在读着：

"从这里出，打那里进，

打这里过，从那里出，

从这里进，打那里过；

打开这里，关上那里，

关上这里，打开那里；

叫醒这个，弄睡那个，

弄睡这个，叫醒那个；

朝前走啊，走啊，走……"

这时候，吕多维克看到了无魂精灵的脸越来越苍白，脸上表情越来越僵硬，他还看见无魂精灵的眼睛也已经变得黯然无光。与此同时，他看到于尔里克正在那里慢慢醒来，他睁开了双眼，眼光越发炯炯有神，最后他一下子跳了起来，认出了弟弟吕多维克，于是吕多维克向他的怀里扑了过去。

可是正当他们热烈拥抱在一起、喜极而泣的时候，吕多维克看到面孔变得如同大理石像一样冷漠、顺肩下垂的双手像是有二百斤重的无魂精灵，正像一部机器一样朝房间里面走过去。他推开了一扇门，门后面的栅栏后面有条大狗，那是一条大得像小马驹一样的丹麦狗。它有一张血盆大嘴，牙齿锋利得可以咬断人的胳臂。把牙齿咬得咯咯直响的无魂精灵这时又机械地打开了栅门，只见那条大狗马上窜了出来，向两个年轻人猛扑过来。它先扑倒了于尔里克。于尔里克挣扎着不让它咬到自己的脖子，但是他已经快招架不住了。就在这时候，吕多维克连忙喊了两声："我的小狼，我的小狼！"他立刻变成了一只狼，然后就向那条狗扑了过去。他们像疯狂地彼此拼命厮打，可最后还是吕多维克用狼的利齿咬断了狗的脖子，狗便倒了下去，再也不能动了。

这时，吕多维克又看到无魂精灵取下了弓箭，并且拉起了弓。

"快躲开！"他对着哥哥喊道："快，你先随便找个地方躲起来，过一会我就去找你。"

之后，为了让于尔里克有时间躲开，他向无魂精灵扑去，使他不得不转过身来对付自己。正当无魂精灵准备用箭射击吕多维克时，只看见吕多维克丢弃了狼毛同时叫道："小鸽子！小鸽子！"他又立刻由狼变成了鸽子。当一支箭向他射来的时候，他恰好飞了起来。

他在房里飞来飞去，虽然无魂精灵一直尝试瞄准他，可是一次也没有射中。这时他又取出了宝石镜，企图使月光反射到吕多维克的头上，让他昏睡，好摄取他的灵魂，可是吕多维克四处乱飞，让月光照不到自己。后来他又飞了出去，混进了城堡院子里的几百只鸽子里，这些鸽子都是在明白可怕的城堡之主已经获得了灵魂之后才回来的。看见无魂精灵手持弓箭冲到它们跟前时，这些鸽子又马上朝四面八方飞去。这时吕多维克又趁机从窗口飞回到无魂精灵的卧房，躲进了多头烛台，藏在蜡烛当中了。

不久，无魂精灵在射杀了那些还没有来得及飞走的所有鸽子之后，便回到了房里。他脱下了睡袍，穿上了戎装，吹响了号角。不一会儿，城堡的院子里就已经站满了全副武装的骑士。接着无魂精灵就率领着他们出了城堡，踏遍乡村，急驰而去。吕多维克飞着跟在后面，与他们保持着一定的距离，以防被无魂精灵的弓箭手们射中。就这样，他目睹着这群打家劫舍的暴徒在一处又一处城镇、一座又一座的村庄烧杀抢掠，所到之处哀声载道。

就在这样折腾了将近一夜之后，这些骑士们便来到了一座高大的城池面前，那里的人们都还沉浸梦乡。这里就是奥尔冈德，只是此时吕多维克还未听人谈起过它。在那里，哨兵们还没有来得及呼救，就立刻被堵住了嘴巴，又被捆上了手脚。于是抢劫者们便涌进了城里，又冲进了宫殿。在那里，他们又同样解决了侍卫。他们找到了沉睡的大公，把他锁了起来，并且把他带到了自己的头领跟前。这时候无魂精灵正坐在大公的宝座上，用低沉而缓慢的声音对大公说：

"天一亮，我要你把全城的财宝全都拿到这里来，我还要你把城中全部的金银、首饰、摆设，以及所有值钱的东西全部给我集中过来。那些人如果要是什么都不给，我就砍了他们的脑袋。我所要的这些东西如果在天亮后一个钟头还没有送到，全城的居民那可就一个也甭想活，孩子们和妇女也不例外。"

无魂精灵用有气无力的声音讲完之后，又抬了抬他那异常沉重的手，把大公打发走了。之后，他站了起来，走进了大公的卧室，不宽衣解带，就往床上一倒，马上睡得不省人事了。

变成了小鸽子的吕多维克正好停在了阳台上，透过窗户看到了里面发生的一切，这时，他便从窗户外面飞进了室内，在床底下悄悄藏了起来。等他听到无魂精灵发出了那种正常人睡着之后的缓慢而均匀的鼾声以后，便鼓起全身的勇气喊道："帮帮我吧，小鸽子，帮帮我吧！"顿时，他感觉自己肚子里形成了一个蛋。不一会儿这个蛋就生了下来，这正好又是只年轻鸽子的初生蛋。这个时候，吕多维克立刻丢掉了鸽子给他的小羽毛，他又恢复了人的模样。

于是，他蹑手蹑脚地走近了睡熟了的那个无魂精灵，把鸽蛋摔到了他的额头上面。

这个时候无魂精灵慢慢地从床上起来，睁开眼睛，只听见他喃喃地说了一句："天啊，请发发慈悲吧！"紧接着，泪水涌过了他的面庞。这张面孔很快地开始苍老，转瞬间，就布满了皱纹和摺缝，他瞬间变成了一个年迈苍苍的老人，这是因为无魂精灵一直都长生不老，已经活了许多世纪的原因。他看着站在床前的年轻人，在黑暗中注视着他。

"你就是吕多维克吧？"无魂精灵问他，声音很温和。吕多维克告诉自己正是。

"那么，"无魂精灵又接着说："你为什么不杀死我呢？我现在已经快要断气了。"

"我想这是行不通，"吕多维克说："况且我怕得手正在发抖呢！"

"真是奇怪，"无魂精灵说："我现在就要死了，我却感到既幸福、又害怕：幸福的是我这个漫长的生命终于要结束；害怕的是毕竟死神已经在向我招手呢。"

"这可能就是像灵魂一样的东西正在你体内形成的原因吧！"吕多维克在那里说。

"你真的是这样认为吗？"无魂精灵满怀希望地问："难道我已经变得和其他人一样了吗？他们衰老时也是这样的么？是不是即因为活得太久感到厌倦，都想一死了之，同时又想继续活下去拼命和死亡作激烈斗争呢？"

"我不知道，"吕多维克说："我还太年轻了，所以毫无体验。但是我觉得你确实越来越像一个有理性的人了。"

"我总算如愿以偿了！"无魂精灵说道，可是他的声音却越来越微弱，而且脸上的皱纹越来越明显了。"啊，"他对吕多维克说，"我现在觉得非常疲惫，简直困倦到了难以用语言表达的那个程度。我相信我就快要长眠了，永远永远也不会醒来。"

"安息吧，永别了！"吕多维克对他说道，内心交织着喜悦以及痛苦。

"永别了，"无魂精灵躺到了枕头上，同时又对他说："你们去告诉我的副手们，让他们把我放到那辆车上，要他们还这里的居民以安宁，并且把大公放了。再转告他们把我送回到特朗赛姆城堡去好了，我要睡了。"

"请安息吧！"吕多维克又重复了一遍，他感觉自己心都要碎了。说完，他便走出了这间房间，把无魂精灵说的话全都告诉了那些副手们。

他们把长眠后的首领安放在一辆车上，让四匹马拉着返回到特朗赛姆城堡，而且在天亮之前赶到了那个地方。吕多维克跟着他们，在那里他找到了自己的那个哥哥。这时于尔里克已经备好了马匹，他把弟弟放在了马背上之后，便一起朝森林里飞奔而去了。

黎明快要来临了。当太阳刚刚从地平线上升起时，兄弟俩听见了远处城堡的主塔上敲响了丧钟。与此同时在那最高的那塔楼上，他们看见了人们祭起了黑旗。他们知道无魂精灵终于寿终正寝了。

人身女鳗

正当那兄弟俩骑着马走在森林里，准备到林中空地去找在那里休息的吕多维克的那只小马时，他们听到身后传来一阵急匆匆的马蹄声。转瞬间，一名特朗赛姆城堡的骑士到了他们面前。骑士说："我的主人在临终前吩咐我一定要赶上你们，把收藏着他全部财宝的钥匙交给你们。他希望你们把这把钥匙转交给奥尔冈德大公，好归还给公国的城镇，因为那些财宝都是从这些地方抢来的。为了表达对吕多维克的谢意，他送给他一面小镜子，只要用这面镜子折射出一束月光，就可以让威胁自己的敌人永远沉睡。"

吕多维克一下就认出来这面镜是无魂精灵的那面宝石镜，他就是用这面镜子使哥哥昏睡过去的，然后又把灵魂还给了他。吕多维克把这面小镜子交给了于尔里克，于尔里克把财宝箱和小镜子的钥匙一同放进了挎包里。骑士走了之后，他们又在森林里继续前行，找到了那匹小马，它正在那里悠闲地吃着嫩草呢！

"那么现在，"吕多维克说："我们该往哪里去呢？怎样才能找到我们亲爱的阿尔贝里克哥哥呢？"

"首先，"于尔里克说："我们得到奥尔冈德，得把宝库的钥匙交还给大公。我们还可以沿路打听阿尔贝里克的消息。既然阿尔贝里克骑的马留下的踪迹能把我们两个带到了这里，那么，这个地方如果一个人都没见过他那才奇怪呢！相信我吧！"

于是，他们就朝着奥尔冈德出发了。吕多维克曾用一整夜时间飞去那里，因此他对非常路熟悉。一路上，不管是赶车的车夫、田里的农夫还是沿途的小贩，只要遇见了，他们都会上前打听阿尔贝里克的消息，是否见到过这个骑着白马的青年，可是没有一个人说记得曾遇见过这样的白马骑士。

他们最终在日近晌午的时分到达奥尔冈德，接着求人引荐他们带去拜见大公。大公马上认出了吕多维克，非常热情地欢迎他，同时对大臣们说："就是这个年轻人拯救了我们，让我们的城市能够摆脱怪兽，免遭生灵涂炭。今晚要准备盛宴好为他接风。"

于尔里克把特朗赛姆宝库的钥匙交还给大公，把无魂精灵的遗言转告给他，大公非常欣喜。晚宴丰盛程度空前：有螯虾茄汁、海胆蛋汤、松鸡肉末、凤凰肉卷、红焖块菰、奶汁肥肝、烤小野猪、烩麋肉丝、蛋奶酥、羊奶酪、糖汁水果和塔式蛋糕等等。吕多维克吃得肚子都快要撑破了。挨着他坐的是一名年轻侍卫，他叫做埃利阿森。由于他非常热情勤劳，很快就博得了吕多维克的好感。埃科阿森可能由于多喝了一点玛尔沃基酒和勃艮哥涅酒，所以不过五分钟，他就开始对吕多维克用起昵称来，仿佛他们早就相识似的。他不但对他讲了自己的生活，还把自己知道的秘密也告诉了他。

他轻声地说："瞧，你看见那边的那个人了没有？那个一只眼睛蒙着纱罩、长着火红色胡子的人？总有那么一天，我会把他杀了的。"

"他曾经冒犯过你吗？"

"没有，但是他是个恶棍。"

接着，他就详细地讲起了故事，告诉吕多维克他怎么看到一位骑士在战胜了七头怪兽以后，不幸被奥特弗里德的手下俘虏了，奥特弗里德又怎样使诈要娶泽尔比娜公主，以及泽尔比娜公主是感到多么地失望。

"你快告诉我，"吕多维克激动地说："那位骑士到底是不是有一匹白马？"

"是的，"阿利阿森肯定地说。

"拿着一面铜盾？穿着一件红大氅，一双灰鹿皮靴？"

"对，对，对！你如何得知的？"埃利阿森越来越感到惊讶。

"他正是我哥哥，阿尔贝里克！"吕多维克克制着自己的声音说到。

于是他便对惊讶不已的年轻侍卫讲述事情经过，他的二哥于尔里克在寻找失踪的大哥时如何落入了无魂精灵的手中，后来他自己又在寻找两位哥哥的途中如何为奥尔冈德解除了特朗赛姆城堡主的胁迫，并且如何让无魂精灵从他极其厌倦的永生中得到了超脱。

"所以如今，"最后他说道："我们必须要把阿尔贝里克找到才行，把他救出来。可是我们到底应该怎么办呢？"

正当他们在那里讨论到底该采取什么方法的时候，泽尔比娜公主和于尔里克也正在桌子的那一端交谈着。为了不让奥特弗里德听到，他们说话的声音非常小。他们俩内心的起伏也是可想而知的。从晚宴一开始，于尔里克就看出坐在他旁边的美丽的公主情绪并不好，她不仅没有公主该有的的那样彬彬有礼的笑容，反而坐在那里长吁短叹、闷闷不乐。这不禁令他感到十分诧异，甚至有一些反感。开始，他觉得自己的自尊心受到了大伤害，可后来，公主的态度令他无法忽视，终于他忍不住问出公主为什么要表现出这样一副怨天尤人的样子来。

"啊，"公主轻声地说："请原谅我无法压抑自己的哀伤：但是你长得真的太像他了！"

"像谁？"于尔里克惊讶地问道。

"像我见过的一位年轻的骑士，他英勇无畏，正是他把奥尔冈德的年轻姑娘们，特别是我自己，从那七头怪兽的虎口中解救出来的。"

于是她也详尽地把发生的一切讲述给他当她讲完后，于尔里克也同样压抑了嗓门惊叹出来："我敢确定，那位就是我哥哥阿尔贝里克！"

于是，他如同吕多维克一样，也对公主讲述了自己的经历，同时用眼角蔑视着那令人厌恶的奥特弗里德。那家伙因为对这个年轻人和自己的未婚妻之间这种亲密的关系有所怀疑，那半边眉毛挑得越来越高，由于这张面孔好像让他想起了什么来。

"你尽管放心，"就在这时于尔里克对公主耳语说："阿尔贝里克一定会回到你的身边的。我和我的弟弟，我们一定会把他解救出来！"

"你已经有主意了吗？"

"还没有，可是靠我们大家，一定能想出什么办法的。"

"啊，"公主说："我多么希望我们最终能够结婚啊！说起来，"说着她又突然变得哀伤起来，"命运总是在和我作对。就在一个月之前，我还失去了一位最好的姐妹，她名字叫勃朗蒂娜。"

"难道又是七头怪兽作的孽吗？"

"不是的。有一天她去奥伯尔特池沼打猎时就淹死了……"她说道："否则，你可以迎娶她为妻，那样我们也就能一起生活在这个宫里了。可是现在这么说有什么用呢？"公主长叹一声，"这只会令我非常忧伤。"

"我们还是装出笑脸来吧，"她又说："奥特弗里德正在瞅着我们呢！"

接着，他们就面带微笑地东拉西扯起来，一直交谈到晚宴结束，直到大家进城或回宫去休息。可是刚一熄灯，泽尔比娜就跑去找她的父亲，要他立刻把于尔里克、吕多维克和小侍卫埃利阿森请到宫里密谈。

等人到齐之后，他们就开始商量起来。最终于尔里克建议采取他的办法，由他自己返回森林，然后再由大公传令，告知公国所有的城镇，好让奥特弗里德能收到这个消息，知道全国上下都要张灯结彩，准备迎接携带特朗赛姆城堡钥匙的使者。如果估计不错，奥特弗里德听到风声，一定会设下玄机夺取财宝、抢走钥匙。这样的话，很有可能，他的手下就会把于尔里克带到关押着阿尔贝里克的洞穴里去。那时吕多维克再远远地跟随着他们，一旦知道了他们关在什么地方，再把大公的武士带去那里把他们都救出来，这样就不费吹灰之力了。

但是大公听了却担忧地摇了摇头，认为这办法不可行。他一再重复说他的同伙和奥特弗里德在整个奥尔冈德，特别是在队长们和自己的卫队的心目中都是杀死七头怪兽的英雄，因此要下令让他们去加害于他们，那他们也不会听命的。

听了这番话，大家都无言以对。这时吕多维克想出了另外一个主意。他的主意和于尔里克提出的相反，由自己来代替他被俘。这样做或许能够更为有利，因为他年纪最小，匪徒们不会把他看得太危险，因此也就不会那么严密地防范。这时于尔里克再去远远地尾随他们，找到关押着阿尔贝里克的匪窟。然后他再回到奥尔冈德招募志愿者，这样去营救他们的就不是大公的卫队，而是于尔里克的志愿队伍了。

但是年轻的侍卫听了又说，如果一定得有一个人被他们俘虏去的话，那既不该是吕克维克，也不该是于尔里克，而是该轮到他埃利阿森。他说只是因为他的错误才造成了现在这一切结果：把阿尔贝里克带到七头怪兽洞穴的是他，他非但没有和他在一起，反而因为恐惧逃之夭夭了。因此他说自己情愿赎回因为他的怯懦而铸成的这个过错，恳求大公给他这样的一个机会。

大公同意了，但是吕多维克不希望他一个人去冒险，于是到了第二天早上，他们两个便一起骑马向森林进发了。就在这时，奥尔冈德公国全部的传令官向全国宣布了特朗赛姆的使者即将到来的消息，他们将带来藏着的全部财富的钥匙。然而实际上，吕多维克所带着的是宫廷锁匠连夜赶制的一把假钥匙，它几乎与真钥匙一模一样，只是少了一个齿口。就这样，它虽然可以在装着财宝的那个柜子的锁孔里打转，却不能把柜子打开。而奥特弗里德一定会千方百计地想要用这把钥匙来打开柜锁，这样将会为他们赢得更多时间。

事情的进展，果然不出他们所料。当吕多维克和他的朋友走出树林时，就立刻被奥特弗里德手下人包围起来了。他们从吕多维克的身上搜出了钥匙。接着奥特弗里德就马上带着几个随从，向特朗赛姆城堡方向赶去，其他人就把吕多维克和年轻侍卫绑了个结实，押送到关着阿尔贝里克的荒凉的古堡里去了。

于尔里克远远地跟随着他们。当夜幕降临时，他们终于到达了荒堡。看到埃利阿森和吕多维克一起被关进地牢之后，于尔里克马上折身赶回奥尔冈德去了。在地牢里，他们很快地找到了阿尔贝里克。他靠在墙角的干草上竟然睡着了。他们一直等到了那伙强盗离开后他们才把他叫醒。兄弟俩在热烈拥抱之后，三个朋友互相讲述着他们的遭遇。

但是当吕多维克提到他的拯救方案时，他看到哥哥十分惊慌，并且听到他连续发出叹息声。

"你这到底是怎么了？"吕多维克不解地问。

"唉！"他的哥哥手搓着手又叹息着说："要怎么通知于尔里克呢？该怎么样告诉他呢？"

"难道他真的会遇到什么危险？"吕多维克问道。

"如果他像你刚才所说的那样做，等到太阳下山之后带着人来这里，那可就真的完了！"

"到底是怎么回事呀？"

"你也看到了，"阿尔贝里克焦急地说道："这不仅是一处荒堡，还有那原来的护城堑壕里的一潭死水。那里面充满了腐朽的物质，臭气熏天。因为毒性太大，什么鱼也活不了，但那里面却住着一个妖怪。这个妖怪腰部以上是一个女人的身子，但下半身却是银鳗的身子。白天她藏在芦苇和石缝间。可是一到晚上，太阳落山，她就开始唱歌。她的声音非常悦耳动听，任何人听了都会无法控制自己并情不自禁地边听边向她走去。可是一到水边后，那腐烂物质产生的毒气迎面而来，令人闻了就会突然失去知觉、失足跌进水里，然后就会消失在里面。

看守我的人们，在黑夜来临之后，也要相互上好锁链，以免自己经受不住人身女鳗那迷人的歌声的诱惑。这也是他们为什么不怕任何人来侵袭的缘故。因为只要人一靠近这里，就立刻被这悦耳的歌声所迷惑，会不由自主地任凭女妖的驱使，一直到掉进那黑色水潭里为止。看守我的人们说人身女鳗全靠吃那些落水受骗的人的腐烂的肌肤，因此谁也没有看到过这些落水者生还过的。"

"得马上通知我们的朋友才可以！"埃利阿森听了以后也吓得惊叫了起来。

一直到夜晚降临时，三人仍在绞尽脑汁的商量对策，却还是一筹莫展。

　　就在此时，于尔里克带着他的一队人马接近了这座荒堡，然而他们什么也没有觉察到。他召集到这支队伍并没费多大力气，这是因为宫廷中那些年轻的侍卫听说埃利阿森英勇的献身后，都自告奋勇地要求一起前往。

　　可是当他们走到离那座荒堡还有一段距离的一座池塘边时，于尔里克听到远处水面上传来了一阵哀怨的声音，唱道：

　　　　"无论你是谁，
　　　　打从这儿过，
　　　　请你留住步，
　　　　听我唱悲歌。"

　　开始，于尔里克并不想停住脚步，原因是他急着前去解救自己的弟兄，可就在这时，他听到那歌声：

　　　　"难道等不到，
　　　　有人来救我？
　　　　可怜遭暗算，
　　　　……"

　　就在此时于尔里克对自己说，当一个人用如此感人的歌声向自己求援时，自己怎么能够袖手旁观呢？于是便走过去瞧瞧。他看到原来唱歌的是一只颜色十分鲜绿的蹲在睡莲上的小青蛙。

　　"难道是你一直在唱歌吗？"于尔里克惊讶地问它。

　　"就是我，"青蛙说："长久以来，每天晚上我都是这样唱歌，可你应该是第一个听到的过路人了。因为，你是第一个在这停下来的人。你这是要哪里去呀？"

　　"到那边的荒堡去，我的弟弟和哥哥被关在那里。"

　　"天啊！"青蛙说道："如果你去的话，也会着魔的。你会像我一样变成青蛙的，哦，不，应该说是会变成一只蛤蟆的，原因是你是个男人。"

"你原来是女的？"

"唉！我原本是奥尔冈德里最富有的一位小姐，我是公国首相的女儿。我父亲大概认为我已经死了，我真是担心他会因为过度伤感而慢慢地死去的。"

"那我怎样才能帮到你？"于尔里克激动地问。

"啊，"青蛙说："我也同样地问自己呢！原因是谁要是想帮助我，就得有勇气承担跟我变成一样的风险。几个星期以前，我跟着他们出来打猎，结果迷路了。天黑时，我找到了你现在要去的那座荒堡。我当时就不该想要去那里投宿等天明的。当我靠近那只有一潭死水的堑壕时，我不经意间听到了一阵悦耳的歌声，一阵动人的无法形容的声音。我完全克制不住自己想走得更近点听她唱歌的愿望。我越朝前走，越被歌声吸引。我甚至身不由己地朝水里走去，完全不顾双膝被水淹没，来到了芦苇的中间，声音就是从那传出来的。在那，我才看到唱歌的原来是一个很美丽的女人，不过她的下半身却是银鳗形状。我感到非常害怕，可悔之已晚。只觉得当时水面上散发着一股强烈的臭气，呛得我喘不过气来，顿时头晕目眩，于是便失去了知觉。等到我醒过来时，就已经变成了一只青蛙。因为人身女鳗只吃活在水里的那些生物，因此她就把俘虏按男女变成不同的青蛙和蛤蟆。幸亏在吃他们之前，她先会把他们养一段时候，好等他们长肥了再吃，我才最终逃了出来，躲进了这片池塘。不过只有在人身鳗鱼死了之后，我才能恢复原样。可是如果时间拖得再长些，我就会丧失我的青春，到了那时，即使我能变回去，我也已经失去青春了。"

"亲爱的小青蛙，谢谢你事先提醒我，"于尔里克感动地说："说不定你的提醒能够救我一命。我会报答你的，也许我可以救你的命。"

"那可不行，你千万不要这样。你什么也做不了。如果你现在走过去，恰好是她唱歌的时候，那你是克制不住自己的。如果你等到天亮，那就连她的影子也都找不到了，因为她长着银鳗的尾巴，在岩石间游动得可快了呢，所以你是没有什么办法可以找到她的。"

"我一定会想出办法的，"于尔里克笑着说："祝你晚安，希望你能交上好运！"

他找到那些等候他的卫兵之后，于是对他们说："我刚才得到一些消息，几句话也解释不清。不过我已经有主意了，我们必须这样：我先独自去那边去一趟。这段时间你们就守在这儿，千万不要妄动！否则，你们会大祸临头的。然后，我会再来找你们，一起再去把我的兄弟们从看守的城堡那里救出来！"

大家都同意听从他安排了，于是于尔里克就自己出发了。离开池塘以前，他抓起地上一点粘土，在手心里面搓了搓，搓成了两个又湿又粘的小泥球，用它们严严实实地把耳朵堵住了。

这样一来，他就什么都听不见了，就可以放心大胆地朝堑壕走去了。他在那里呆了一会，看看能不能发现人身女鳗唱歌。但是让他大出所料的是。在月光下他看见有两个年轻侍卫也走了过来。他们其中一人曾这样对同伴们说：

"我不晓得你们怎么想的，但是我担心我们的头领会陷入圈套。因此不管他怎么对我们说，我还是想去看看会发生什么事。"

而侍卫中最年长的那一个则说："我认为如果我们不听从头领的吩咐，恐怕反而会给他完成任务添加麻烦。应该说他既然已经这样嘱咐我们，就一定是胸有成竹的。"

于是他们就争执起来，讨论在这种情况下到底应该不应该听从命令。最后大家决定派第一个人去看一看于尔里克究竟在做些什么，与此同时让另一个人跟在后面，如果发现前一个人落入圈套，就马上赶回来通知其他人。可是当他们一个跟着一个走近堑壕的时候，便听到了那个人身女鳗的歌声。歌声那样美妙，以至于他们顿时全都失去了理智，全像梦游者一样，没有办法不向它走去。于尔里克就这么看着他们迷惘地走近芦苇，一直到了水里，接着又见他们身体摇晃了那么几下，之后便倒了下去。不一会，草地上除了两只蛤蟆之外，什么都没有了。这时于尔里克看到从那边的芦苇里游出来一个很美丽的女子来，她的下半身长着银鳗的尾巴。她一只手抓住一只，跳进水里不见了。

于尔里克看了不寒而栗，一面为两个侍卫的不幸遭遇感到十分悲伤，一面也感到后怕：如果没有那可怜的青蛙事先提醒他，那他和其他侍卫的命运就不堪设想了。他决定不再耽误，便沿着城堡外围走了起来，找到了一处可以涉水而过的地方，便走进了那座荒废的塔楼。

在那里，他最先看到的是六个用链条锁着的看守。这些人对他根本不理会，他们已经完全被听到的歌声迷住了。那迷惘的神色与刚才两个侍卫的表情一模一样。

于尔里克又继续向塔楼的深处走去。就在那里，他终于找到了年轻的埃利阿森、阿尔贝里克和吕多维克。他们同样都被上了锁链，也在迷茫地勒紧手中的链条。正当于尔里克走到离他们十分近的地方时，他们终于把他认出来了，惊骇万分地和他讲起话来。但是因为于尔里克的两只耳朵全被堵上了，听不懂他们在说些什么，因此他便想试着听一下他们在讲的内容，他就拔了拔堵在一只耳朵里的粘土球，以便能听到声音。哪知他刚拔出一点，便从远处传来了一阵非常温柔悦耳的歌声，马上他便感到无所适从、手足失措，真恨不得向那个声音靠近。幸亏他赶紧把粘土球又塞进耳朵里，这才控制住了他自己。他告诉那三个朋友不要太为他担心，并且向他们承诺，过不了太长时间他就会回来救他们逃出去的。

说完这些，他便离开他们，走出了荒堡去了，朝着堑壕走去，最后他来到了芦苇丛边。他看到人身女鳗还在那里。就在这时，他就模仿亲眼见到的那两个侍卫所做的那个样，晃晃悠悠地走了过去，仿佛他被这迷人的歌声所迷住了。之后，他也假装倒在草地上，躺在水边一动也不动。不一会，他便看到人身女鳗从芦苇丛里向自己游过来。他便立刻站了起来，用调戏的口吻对它笑脸说道："美人儿，晚安！你好吗？水里舒服吗？"

惊吓到的人身女鳗立刻停止了歌唱。"你到底是个什么人？竟然能对我的歌声无动于衷？"

"啊，你要知道，"他回答说："你的那些歌声我并不很感兴趣，因为我有一堵魔法墙，它的歌声美得和你不相上下呢！"

"一堵墙也能唱歌？你是在嘲笑我吗？"人身女鳗说。

"它离这里不是很远，我会让你听到它唱歌的。"于尔里克答道。

人身女鳗是一个女妖，对于这个胆敢冒犯她的男人感到既钦佩又恼怒，原因是他是第一个不上当受骗的人，她甚至觉得自己几乎快要被他迷住了呢！再加上她对那堵会唱歌的墙感到十分介意，就毫不犹豫地便跟着于尔里克顺着荒堡一直走到堑壕的尽头，那里已经没有一点水了。

"我不能再往远处走了。"她惊恐地说道。

"不要紧，我会搀扶你。"说完，于尔里克便抬起人身女鳗的臂膀，走上了一块悬挂在护城堑壕上面的巨石上，它的对面就是那个这座荒堡最高的一面墙壁了。从那里看，他本来是可以将她推下去的，但是由于她长得实在太漂亮了，以至于他有些不忍心下手了，于是他让她躺在草地上面来休息，自己冲着高墙喊了起来：

"啊——啊！啊——啊！"

对面立刻传出了他的回声："啊——啊！啊——啊！"

"你听见了么？"于尔里克说，"只要是我喊它，我的墙就会立刻回答我。你对着它唱支歌吧，它会马上用一首一样优美的歌来回应你的。"

接着人身女鳗就挺起胸脯准备开始唱歌，而于尔里克也就马上堵好耳朵，以免被她的歌声诱惑。这时，人身女鳗就开始独自唱起练声曲来：

"多——米——索，多——索——米，多……"

自然，墙的那边也传出来了练声曲的回音来：

"多——米——索，多——索——米，多……"

结果，她马上被这又美又纯的歌声吸引住了，而且情不自禁地受它吸引，移动着银鳗身躯朝前面爬去。

在当她唱起第二支练声曲时，墙壁同样传来了回音，因此她又身不由己地朝着动人的声音再爬过去了一点。就这样边爬边唱，她来到了巨石边缘，就一下子从那高高的岩石上滚了下去，摔进了护城堑壕的水里，顿时失去了知觉。

于尔里克马上跑下岩石，他扶起人身女鳗的双肩，把她放在河岸上。昏睡过去的女鳗姿色显得更加的迷人。但是他提醒自己在这美貌的外表之下藏着一个邪恶的妖怪，他又想起了那两个侍卫、那人类变成的些可怜的青蛙以及因为受到这该死的妩媚欺骗而蒙难的人们。于是，他扭过头去，从刀鞘里拔出那把长猎刀来，看都不看就向女妖的心窝里刺去。他感到手中的猎刀传来一阵剧烈的颤抖，接着女鳗的尾巴扑打过来，他的肩上重重地挨了一下，几乎使他跌下去。经过最终的挣扎，妖魔再也一动不动了。就在这时于尔里克才转过身去，他看到那美好的身躯已经开始变得满是皱褶，长满了丑陋的鳞片和甲壳。刚刚还是那样美丽而纯真的面孔、额头、面颊和眼皮也变得粗糙的难以入眼，呈现出了一片死寂的灰色。那张嘴就像毒蛇嘴巴一样张开，头发像几条蛇一样拧紧在一起。总之，此时在于尔里克面前的只是那么一张被撕下美丽伪装的可怖的面孔。

就在这时，他才把堵在耳朵里的泥球全部都取了出来，跑过跟其他的侍卫汇合，他们每个人都拔出了佩剑，把荒堡团团包围，便一起从荒堡的缺口冲了进去。他们在那里找到了那些看守们。由于没有了那迷人的歌声，他们已打开了彼此的锁链。此时他们个个手拿武器，跳起来抵挡突然的进攻。但是于尔里克和侍卫们出其不备，这些盗匪猝不及防就被杀得跪地求饶。

等把最后一个盗匪锁好之后，于尔里克便到地窖里把被他们囚禁的兄弟朋友解放了出来。他们高兴地互相拥抱。虽然他们想再多分享一下这种幸福，但是时间紧迫，再过六个小时，奥特弗里德就要迎娶泽尔比娜了，这事儿一点时间都不能耽误。接着除了留下三个侍卫看守俘房之外，其他人都策马狂奔，全速向奥尔冈德城奔去。

但是就在晨曦来临时，在一间简陋的茅舍里，一个老妇人兴奋地像位公主；而是在一幢豪华的宫殿中，一位年轻貌美的公主却十分不幸得像可怜的老妇人。那之前一个人正是可亲的巴蒂尔德老妈妈，她终于看到三口井里的水都清澈得像山泉一样透亮，明白三个儿子总算脱离危险了，因此现在她只需要耐心地等待着他们归来，并没有多少的不安了。而那第二个人当然就是泽尔比娜公主，她看起来越来越忧伤，甚至开始绝望起来。因为她和可怕的奥特弗里德的婚礼将在十点钟时开始举行。现在距离十点只差一刻钟了，钟声已经敲响了，伴娘们也已经开始为泽尔比娜换结婚礼服了，可是这兄弟三人却一个都没有回来。泽尔比娜始终抱着能看到其中一个骑士回来的希望，她打发一名最小的侍卫爬上主塔的楼顶观察大路上的动静，还每隔五分钟还派出一个侍女去打听他们的消息。

到了十点整时，全城回想着洪亮的钟声。女傧相们过来迎接公主，引领她到千柱厅去。就在那里，奥尔冈德主教正在等着这对未来的夫妻的到来，等着为他们举行宗教结婚仪式呢！

这时，奥特弗里德骑着马踏进了奥尔冈德城。他的一只眼上依旧蒙着黑眼罩，那棕红色的长须迎风摆动。人们把他当作英雄一样来欢迎他。但是他的脸色非常难看，因为他没能把装满财宝柜子的锁打开来。为了能准时参加婚礼，他只好两手空空地匆匆离开了特朗赛姆。但是恶毒的他已经下定决心要杀害和报复大公。至于大公本人嘛，虽然他千方百计地想推迟这可恶的婚礼，可依然束手无策。

侍卫埃利阿森和三个兄弟在急驰了一夜之后，最终也看到了奥尔冈德城。此时，太阳也已经高高升起了，他们听见城里上千只钟在此起彼伏地不停地响。听到这令他心痛如绞的欢乐的钟声，阿尔贝里克便更加用力地抽打着马匹，好让它能跑得再快一些。于里克紧紧尾随着他，吕多维克离得稍远一点，垫后的是埃利阿森，在他的身后就是其他的侍卫。就是这样，他们相继冲进城中。几分钟以后，阿尔贝里克纵马奔上了大公宫殿的台阶，来到了正在举行婚礼的千柱厅。就在此时，奥尔冈德的主教按照习俗向所有在场的人发问道："假使有谁知道一些什么事会阻碍这场婚礼，请他现在就讲出来，否则就得永远保持缄默！"

这时的大厅里一片寂静。正当主教要为奥特弗里德和泽尔比娜戴上结婚戒指的时候，大厅门口忽然响起了洪亮的声音，只听得阿尔贝里克在马上大声："我知道！"

大家一下子都呆住了，千柱厅里寂静得连只苍蝇飞过的声音都听得到。于是，主教问道："你是谁？你知道？你有什么在要说？"

"我名字是阿尔贝里克，"他回答，指着奥特弗里德说道："我要告诉你们的是，这家伙是个骗子。杀死七头怪兽的人不是他，却是我。"

"哈！哈！哈！"奥特弗里颤抖着他那浓密的红胡子放声大笑起来，"那果真好，假使真是你，那你就拿出证据来看看，如果你能够办得到的话。"说完，他指了指在自己身后站成一排的士兵，他们炫耀用长矛扎着的七只老虎头。

"这些老虎头是你带到这里来的吗?"

"把它们的嘴巴撬开!"阿尔贝里克说道。

此时人们才发现到在这些掰开的兽嘴里都有那么一个被撕过的黑洞。

"它们的舌头跑哪去了呢?"阿尔贝里克厉声喝道。那些,这谁也回答不出来的。"那么现在你来给我们讲一讲,"他又高声说道:"到底是谁杀死了这个怪兽? 是你这个拿着虎头的人呢? 还是我这个拿着虎舌的人?"

"是……是……"奥特弗里德瞠目结舌说不出话来,就在这时大公打断了他的话:"当然是拿着虎舌的人,不然他怎么能在人们把虎头带来之后再来跑去割去虎舌呢?"

然后他问道:"那么虎舌现在在哪里呢?"

接着,阿尔贝里克从挎包中拿出手绢,从里面取出了七根带岔的恶心的舌头。他把它们推在手里晃了几下,这些虎舌就如同火把的光焰一样耀眼夺目。

看到眼前这一切,奥特弗里德气得大声发出一声狂吼,只看见他拔出长剑,对仆从们吼道:"快跟我来!"

他想带领手下人向侍卫们和阿尔贝里克冲过去,可是在一位王子的命令下,侍卫们也都拔出了剑。多亏了于尔里克从挎包中拿出来无魂精灵的那面宝石镜,令阳光反照到那群寻衅者们的脸上,一场血战才得以避免。因为反射的是阳光,所以它不能让他们昏睡过去,而只能让他们神智失常,因此他们就彼此混战了起来。侍卫们恰好利用这种混乱的局面一个个地将他们治服了,把这些家伙全都五花大绑起来,并且关进了监牢,而奥特弗里德之后也被判终生监禁。

自然这场婚礼也就随之取消了。此后的一星期里,全城都流传着那些令人难以置信的传说。泽尔比娜和阿尔贝里克的激动心情是别人无法体会的。可是于尔里克却显得十分闷闷不乐,原因是他无法让自己不去想念那只可爱的小青蛙。她到底如何了呢?

到了一天夜里,他又去了池塘边,但是在那里他没有找到任何东西,也没有发现那只可爱的小青蛙,也没有碰见那么一位小姐。在阿尔贝里克和泽尔比娜订婚那天，两个年轻人登上大公宫殿的阳台答谢欢呼的人群，站在他们身边的于尔里克即使竭力伪装出一副笑脸，可却还是忍不住连声叹息。就在他这样长吁短叹时，忽然他听到从远处的一间房中，传来了在吉他的伴奏下，一个年轻姑娘动听的声音。她用美妙的嗓音唱道：

"助人为乐的过路人啊，
何时能回到我身旁？
他是那样年轻和能干，
谁能使我归于他？"

于尔里克对这个动人的声音是非常熟悉了，接着他连忙跑过宫中全部的大厅。他尽全力打开了一扇又一扇大门，却看不到一个人。就在他逐渐开始感到绝望时，身后忽然传来了三个响亮的笑声。他马上扭过头去，看见一副帷帐正随风摇摆着。掀起帷帐，他看到那后面有一扇敞开着的大门。他走了过去，来到了一间非常漂亮的卧室。一位年轻陌生的姑娘就在那里，她长得非常美丽。在她的脚旁，两个小侍卫正弹奏着吉他，他们正是他曾亲眼看到变成了蛤蟆的那两个人。他们也看着他，高兴的打了招呼。于尔里克根本不管这位年轻姑娘是个什么人物，就在第一眼见到她时，无法克制的倾心于她了，这种倾慕之情在她还是一只小青蛙时就已然萌生了。他们相拥起来。随后，年轻姑娘就把他领到自己的父亲那儿去了，他正是此公国的首相。当场于尔里克跪地向他的女儿布朗蒂娜求婚，此时他才回想起公主曾经对他说过的那句话："她是我最为要好的朋友。"

在这之后不到半个月的时间里，公主和阿尔贝里克、布朗蒂娜和于尔里克在同一天奥尔冈德大教堂里举行了盛大的婚礼。大公也把巴蒂尔德妈妈也请来参加了结婚典礼，而且还让她做了贵妇人。

只有埃利阿森和吕多维克都还没有婚配，但是他们的确还太年轻，用不着去想这个问题。正好他们已经到了可以结成金兰之交的年纪。于是吕多维克把埃利阿森看成未曾有过的好兄弟，往后两人为了对方可以万死不辞、赴汤蹈火。到后来，人们便把这种非常感人的友情编成颂歌，广为流传。

　　说起巴蒂尔德老妈妈，她为自己的孩子们感到骄傲自豪，因他们被尊敬感到十分幸福，同时为两个孩子已经结成了美满良缘而感到称心如意。

　　而至于我呢，我也感到十分高兴，因为这时我妈妈也从我的胸前揭下了最后那一张芥末面药饼，这一次我终于可以和这些膏药永别了，因为至少可以在下一回患支气管炎以前，我是不用再和它们打交道了！

灰尘仙女

亲爱的朋友们，很久以前当我还年轻时，经常听人们抱怨一个讨人厌的小老太婆。如果你把她从门里赶了出去，她又会从窗子里溜进来。她的身体是非常微小，人们都说她不是在用腿走路，而是一直在空中飘浮着。我的亲戚们把她比喻成一个小仙女。佣人们总会用掸子将她掸走。可是那也不过是为她搬搬家。她从这儿消失了却又在那儿出现了。

她老是穿着一件拖地的灰色长袍，十分难看。她的头发是淡黄色，乱七八糟地扎在一起，还带着一个灰色的面罩，只要风轻轻一吹，面罩就会在脑袋的周围飘来飘去。

因为总是受到虐待，所以我非常同情她，尽管她弄坏了我很多的花儿，我还是会让她到我的小花园里来休息。我和她聊天，可是总不能从她的话中听到有意义的事。

不论什么东西，她都想去碰碰，还说自己只做好事不会做坏事。人们都埋怨我太宽待她了，她靠近我，人们就马上让我去洗澡，更换衣服。

这个小老太婆很脏，人们只让她睡在屋子的角落里或大街的垃圾堆里。正因为如此，大家才会叫她灰尘仙女。

有一天当小老太婆想要拥抱我的时候，我问她："为什么你全身都是灰尘呢？"

"你要是害怕我脏，你就是一个傻瓜。"她用嘲讽的口气对我说："其实你和我一样，你简直都想像不到你与我是多么的相像。不过，你现在只是一个无知的孩子，我和你讲也是浪费时间。"

我说："你似乎第一次说有意义的话。那你就给我讲讲你的话是什么意思吧！"

"我不能在这儿跟你说，"她回答："因为我要跟你说的话实在是太长了，每当我想在你身边多待一会儿时，人们就很轻蔑地把我赶走。但是，如果你想知道我是谁，那你在今天夜里刚睡着时，喊我三声。"

说着，她大叫一声就走远了。好像是分解成为了无数个的小颗粒，带着那被落日余辉染红了的又大又长的金尾巴腾空而起了。

在这天晚上，我躺到床上自言自语地说：

"我是在做梦，不然就是这个小老太婆是个疯子，我怎么能在睡着时叫她呢？"

我睡着了，可是很快就梦见我叫她了。"灰尘仙女，灰尘仙女，灰尘仙女！"

随后，我被带入了一个大花园里，花园正中有一座神秘的宫殿，一位穿着节日盛装的年轻美丽的夫人，正在华丽的宫殿门口等候着我。我向她跑去，她拥抱了我，对我说："现在，你知道灰尘仙女是谁了吗？"

"还是不知道，夫人。"我如实回答："我想你不会是在嘲笑我吧！"

"没有，"她回答道："因为你不懂我的话的意思，所以我请你来参观一些令你感到惊奇的东西，好，跟我来吧。"

于是她把我带进了她的住宅里最漂亮的地方。那是一个非常清澈的小湖，它像一块绿宝石镶在花环中。各种各样的小鱼在小湖里游来游去。你看，有玛瑙色的，有橙黄色的，还有一些琥珀色的中国鲤鱼；那边有白天鹅和黑天鹅，还有中国产的鸳鸯，它们的羽毛都像发光的宝石那样漂亮。

在深深的水底，有紫色的珍珠贝壳，还有色彩鲜艳的鲵鱼长着锯齿形的羽翎……再向下看，那好像是另一个世界，它是那样光滑、深沉、神奇而生机昂然：银色的沙子铺成一张床，上面长竞相争妍的鲜花和满碧绿的青草。几排云斑石柱组成个圆形的柱廊，把这个广阔的池子围在了中间。那些柱子的顶端都是用白玉做的，柱子上部装饰着最珍贵的矿石。柱子上爬满茉莉藤萝、牡丹蔓、金银花藤和苔藓。可爱的小鸟在上面做了许多窝。那些香气袭人的玫瑰花在湖里映出了倒影，水里还映出一排排的矗立在圆拱门下的柱身与精美的大理石雕像。在圆池的正中，上千个珍珠和宝石做的喷头喷出射晶莹的水柱，水花飞溅又落回到玛瑙的巨大的螺钿盘当中。

在那个圆形剧场式的建筑物后有一扇门，门外的大树上长满了水果和花朵，浓密的树荫下是一个五颜六色的大花坛。大树干上缠绕着葡萄藤，组成一个绿叶红花的大柱廊。

仙女让我和她坐在一起，在我们旁边是一个山洞，洞里涌出了一道瀑布，水流的声音很悦耳，瀑布流下来形成了一道小溪，溪水长满了新鲜的浮萍和荷叶蕨，宛如一条绿色的带子，溅在绿色带子上的点点水珠就像宝石一样闪闪发亮。

"你在这里看到的一切，全是我的杰作。"仙女说："这一切都是用尘土作成的。我在云中抖一抖我的袍子，便给这个天堂提供了一切的材料。我的朋友——火，把它们抛到空中，我再把它们收集起来，先烧炼、再结晶。我的风仆人，将它们散播到潮湿的带电的云层中，最后再让它们落下来到地面上来。到了地面之后，它们便凝聚起来。事实上，这片凝固的大地上所有的物质，都是我给予的。然后，雨水把它们冲刷成云斑石、花岗岩、大理石以及各种各样的岩石和矿物，最后再分解成了砂土和肥料。"

我边听着边想，她可以把灰尘变成泥土，这还是能相信的，但她说她抖动袍子落下来的尘土能变成大理石、花岗岩以及别的矿物，我一点儿也不相信。我转身向她走过去，想看看她是不是在认真讲这些荒诞的话。

使我感到非常惊讶的是，她已不在我身边，可是我还听得到她的声音，她是在地底下讲话，她在叫我呢！那时候，我也不由自主地钻入了地底下。我来到一个很可怕的地方，这里到处都是火，到处都在燃烧着。从前听人讲过地狱，我认为这就是地狱吧！那蓝色、红色、绿色的火焰以及紫色的微光，时强时弱，令人眼花缭乱，这微光代替着太阳的职能。在这个充满黑色云雾的洞穴中，到处都是爆炸声、尖啸声和雷电的霹雳声，我好像被关在里面一样。可就是在这里，我看见了灰尘仙女。她还是那么脏，可是却认真地工作着：她走来走去的，一会儿压，一会儿推，一会儿揉和，一会儿又在加入一种什么酸性的东西。总之她做的一切我都不能理解。

"不要害怕，"她对我喊，她的声音盖过了整个地狱里的震耳的响声，

"你在我的实验室里，你还不懂得化学吧？"

"我不明白，"我说："我也不愿意呆在这样的地方学习它。"

"你不是说过你想知道吗？所以必须来这里看看。当然，住在地面上还是很方便，那儿有鸟、有花，还有一些驯养着的动物，可以在平静的水中洗澡，还可以吃味道甘美的水果，在草坪上或者在野花丛中散步……你认为人类一直生活在这样优越的条件下吗？要对你讲清万物是如何开始的，还要告诉你作为你老祖母、母亲和你奶妈的灰尘仙女是多么强大。当然，这需要相当长的时间……"

话还没说完，小老太婆就带着我一同滚进了地下深渊的最底层，我们穿过了燃烧的火焰与可怕的爆炸，通过了那些呛人的黑烟和正在熔化的金属，我们还看到了那些正在爆发的火山，爆发出了令人恶心的火山熔岩浆。

"这就是我的大熔炉了。"她对我讲："这个地下室就是我炼制材料用的。你看这个地方不错吧！由于你的精神离开了你的躯体，你把你的躯体留在床上了，只有你的精神和我呆在一起，所以你才能接触到这些原料。你还不知道这些原料是用什么做的，也不知道用哪些神秘的方法才让大地上的固体变成气体。这些气体在空中是星云，它们能像太阳一样地发光。你还是个孩子，在你的老师还没弄清楚那些问题之前，我不可能让你完全明白创造万物的奥秘。但是，我可以给你看看我的烹调技术产品。现在让我们爬上梯子，到上面一层去看看吧！"

这时候，一个看不见顶也看不见底的梯子出现在我们面前。我跟在仙女身后，在无边的黑暗中，我看见到她浑身发光，宛如明亮的火把。于是我就看到了一些仓库，里面装的是白色的晶体、玫瑰色的泥浆，还有巨大的黑色发亮的透明薄片儿。仙女用手指把这些薄片捻碎了，然后又把晶体弄成小块儿，再把它们与紫色的泥浆掺和起来，最后把它们拿到了一种叫微火的东西上烤干了。

"你在那做什么菜？"我问她。

"是一种很重要的菜。这种菜对你这样的可怜的小生命是必不可少的。"她回答："我是在做花岗石，就是用尘土做成最结实最硬的石头。

如果想给高西特河以及伏雷热东河筑堤坝，是需要用这种坚硬的石头的。我还能用这些元素混合成各种不同的东西。你过来看，这些东西俗称石英石、片麻石、滑石以及云母石等等，用我的灰尘制造出的那些东西，之后再加上另一些灰尘以及新的元素，我就能做出青石、砂土和沙石。我把它们研成了粉末，然后再重新让它们聚合起来。就像做点心一样，做点心不是需要面粉吗？现在我把炉子关上，再留几个通风孔，这样可以防止它们爆炸，等一会儿我们还得上去看看。你现在如果累了，可以先睡一会儿，因为我这个工作一时半会儿还完不了。"

　　我也不清楚自己睡了多久，因为我已经没有时间概念了。最后是仙女把我叫醒了，她说：你知道吗？你已经睡了几个世纪了。"

　　"夫人，我到底睡了多久？"

　　"去问你的老师吧！"她用有点嘲讽的口吻回答我。

　　"咱们现在再向梯子上爬吧！"

　　于是，我们便又往上爬了好多层。在那里有各种各样的仓库。仙女就在那里配制那些金属氧化物，用它们制造石灰石、黏土、泥灰石、云石和青石。我后来问她金属的来源是什么，她回答说："你想了解的事情可真多！你们的科学家常常用水以及火来解释许多现象。可我的火山灰被深谷里的风吹上空中，形成大团大团的乌云，而带着水气的云推动了它们，又造成了暴风雨漩涡，再加上雷电的神秘磁力，随后，高空的风把这些乌云中里水气送到地面，那就是大暴雨。在这过程中，天地之间发生的事，你们的科学家是不是知道得很清楚呢？这些就是前几个仓库的来源了，你现在可以去看看它们的神秘的变化。"

　　我们爬到了比那里更高的地方，那里有大理石、白垩和石灰石的矿层。用这些石头可以建造一个与地球一样大的城市，灰尘仙女又开始工作了：过筛子、搅拌、化合、烘烤……我看见这些感觉非常惊奇。她说："这些都算不了什么的，一会儿你还会看见更奇怪的事情呢！就是这些石头中怎么样孕育出来生物的生命。"

　　灰尘仙女把我带到了一个大池子旁，这池子像海那样大。她把手伸了进去，先拿出一些奇怪的植物，然后又拿出更加奇怪的动物，这些动物有一半是植物，最后她又拿出形形色色的各类动物来。首先是贝壳，然后是鱼类，她一面让这些动物动起来，一边微笑着对我说："在水底下的时候，我就可以做出这些东西来，但还有更好的呢！你转过身去，回河岸上看看！"

我转过身去，石灰石和它的混合物及硅土和陶土混在一起，已经在它们的表面形成了细腻又有油质的棕色土层，在这层土壤中长出了很多奇怪的有根须的植物。

"这就是植物生长所需要的土壤。"仙女说："可以看见一棵大树从这里长出来。"

果真，我看见有干的植物很快地长了出来。在这些植物中还有昆虫生活着。在岸上还有一些我不认识的动物，但我觉得它们非常恐怖。

"将来在地面上这些动物是不会让你害怕的。"仙女说："它们只不过用自己的尸体来肥沃土壤，这里还从未有人怕过它们呢！"

"请等等，等一等，"我叫喊着："看这些怪物生机勃勃的，我真感觉有点讨厌。你创造出的土地竟属于这些依靠互相吞噬而生活的贪婪动物。难道一定要通过它们相互残杀的愚蠢行为才能为我们制造肥料吗？我知道它们没有什么别的用武之处。可我不懂为什么你要让它们白白的繁衍得那么多，而用处却那么小呢？"

"肥料也是非常重要的啊！"仙女回答说："如果没有这些东西作肥料，怎么能够不断地繁衍出各种各样的动物来呢？"

"每种动物最后都是要消失的，这个我知道。我也了解动物一直在不断进化，最后才发展成人。曾有人对我说过，我也相信。但是我万万没有想到一种动物被创造了，最后又要被毁灭，那何必费这个力气呢？真叫人觉得讨厌和麻烦。那些可怕的大东西，身体巨大的两栖类像那些大鳄鱼，还有爬行和浮游类动物，仿佛生来就只知道用它们的牙齿吞食别的动物……"

我生气地说，灰尘仙女却觉得非常有意思。

"物质就是物质，"仙女说到："物质的变化有它自身的规律，但是人的精神却不同。你自己不就是个例子吗。你自己不也是常常会吃一些很可爱的鸟类和许多比鸟类更有意思更好看的动物吗？没有毁灭，就没有创新，难道这个道理还用我再讲给你听吗？难道你要推翻大自然的规律吗？"

"是的，我确实希望这样。我希望一切东西从开始便是完美无缺的。假如大自然真是一个伟大的仙女，那她就可以不经过那个可怕的实验过程便造出一个理想的世界来。且在那个世界上，我们能够像天使一样依靠智慧生活在永恒不变的、美好的创造之中。"

"大自然仙女有她更高的目的和理想啊。"灰尘仙女接着回答说："她并不想停留在她已经创造出来而且已经被熟知的事物上。她不断地工作，不断地发明创造，她不了解什么叫生命的静止，对她来讲休息就意味着死亡。如果事物不再变化，那么天才智慧的主宰者以及它的事业就会一同结束。你感觉你生活的世界，也就是在你醒后将要回去的那个人类主宰的世界比古代动物世界要好一些。但你对它还是不满意。你希望生活在一个永远的纯洁的智慧世界中，可这个幼稚的星球还像个孩子，它还在永无休止地变化着。未来，会使你们那个世界上弱小的人类——男人和女人都将变得懂聪明、科学、智慧而且又善良，他们会像神仙一样生活。你参观过我的这一切，你该明白，这些半原始状态的生物和你几乎差不多。可是或许有一天，你所生活的那个世界会变得充满智慧，那时候和过去就完全不同了。未来世界的主人才有权利去看不起你们呢！正像现在你看不起那个大爬虫类的世界一样。"

"那好吧！如果我看过的这一切能够帮助我，我以后会更加热爱的未来世界的话，我愿意继续随你去参观。"我回答说。

"我还打算告诉你，我们不该过分轻视过去，不然你会犯轻视现实的错误，那不就是忘恩负义了吗！生命的智慧利用我所提供的原料，从开始就创造出了奇迹。来看看这个大怪物，来看看它的眼睛，你们的学者叫它鱼龙。"仙女说。

"它的眼睛好像比我的头还大呢！真叫人有点害怕！"

"但它的眼睛可要比你的眼睛高明多了。这一对眼睛既善于看远处的东西，又善于看清近处的东西，可以像望远镜那样，远远地就会发现要捕捉的猎物。等到猎物靠近的时候，它只要稍稍调整一下，就可以很容易地再次找到猎物，用不着戴眼镜。大自然在创造这些的过程中，目的只有一个，那便是使动物拥有思想。它还使生物具有各种各样能适应环境的器官。这是多么美妙的开始啊！你难道没有感觉到吗？这样下去，生物会变得越来越完善。你所认为的那些可怜、难看、微不足道的生物，很快就会发生变化，变得适应它们所生活的环境。"

"可是，现在这些东西只想把自己养肥。"

"那你还想让它们想什么呢？大地不需要赞美，宇宙永恒地存在，它并不会因为人们的歌颂和祈祷而去变得更加壮丽和光辉。你那个小小星球上的仙女知道这个伟大的事业，你不必怀疑。但是，假如她负责去创造一种生物，而这种生物能够预知并体现这一个伟大事业，那她也必须得遵从时间的规律。但是我想你是不会了解这个的全过程的，因为你的生活时间是有限的。在你看来，这个过程很缓慢，而实际上这个演变的过程像闪电一般迅速。我要让你的智慧摆脱局限让你看看无数个世纪演变的结果。你尽快利用好我给你的条件，不要争辩！"

我觉得仙女的话似乎很有道理，所以我就睁大了眼睛去看大地上的一切演变。我看到各种各样的植物和动物在生长，死亡。从功能上看，它们变得越来越精巧，从外形上看，它们变得越来越美丽。这个世界在不断地被灾难破坏，可是又在不断地创新，它逐渐地生长演变出我今天看得到的生物。我认为，这些生物没有过去的生物那么贪婪，也比过去的生物更加关心自己的后代了。它们为自己的家建筑起房屋住所，并且充满着眷恋之情。我看见一个旧的世界消失了，一个新的世界又随之出现了，这一幕幕的变幻，确实像是童话剧一般。

"去休息一下吧！"仙女对我说："你刚刚已经经历过好几千个世纪了。你想到了吗？等到猴子先生的统治结束，人类的时代就拉开帷幕了。"

我累极了，不知不觉地睡了。等我醒来的时候，我已经在仙女的宫殿里，那里正在举办一个盛大的舞会。仙女又一次变得那么的年轻，那么的漂亮了。

"你看看这些可爱的人和漂亮的物品,"仙女说:"我的孩子,他们其实都是一些灰尘。那些云斑石和大理石做的墙壁都是灰尘的分子经揉和后,再经过一定温度煅烧才形成的。这些石头墙是用一定量比例的花岗岩和石灰石的尘末做的。而这些透明的水晶玻璃灯,是人们高度模仿天然石头的样子,用细砂煅烧出来的。这些陶器和瓷器,全都是用长晶石的粉末制做而成的。这些是中国人最先发明并且使用的。你再看看跳舞的女孩子们戴的那些宝石,其实都是些结晶的石灰石粉末,那些珍珠是由蚌把磷酸石细末吸进贝壳里后慢慢磨成的。金子和其它一切金属也不过是很多分子经过聚合、熔化、再煅烧和凝固之后形成的。还有这些好美丽的植物:有斑点的百合花,浅粉色的玫瑰和芳香的栀子花,这都是用我专门准备好的灰尘做成的。就连这些正在音乐下翩翩起舞的人们,也同样是我的作品。你可不要不开心。是我给他们以生命,他们死了之后也还要回到我这里来。"刚说完这句话,这个节日的舞会便连同宫殿一齐都不见了。仙女带我来到一片麦田,她弯下腰拣起一块石头,石头中间镶嵌着一个美丽的贝壳。

"你看,"她指着对我说:"这就是一块化石,是原始生命时代里面的一个生物的化石。它是磷酸盐。人们把它研成了细小的粉末,撒在硅酸过多的土地里做肥料。你看呀,人们开始明白了一件事:他们惟一的老师是大自然,人类要向大自然不断学习。"

仙女用手指把这块化石轻松的捏碎,一边将粉末撒在田地里,一边对我说:"那个东西又要回到我的厨房里了。我必须先破坏它,以后才可以长出芽来。所有灰尘都是这样的。不论是植物、动物还是人,出生了以后总要死的,这没有什么可去难过的。因为有我,它们的生命又可以重新开始的。你是不是很喜欢我在舞会上穿的裙子?这是裙子上的一小块布料,我送给你,空闲的时候你可以研究研究它。"

一切都消失了不见。当我再次睁开眼睛的时候,我还在床上继续躺着。初升的太阳投下了一束美丽的光线。我看着仙女送我的这一小片布,我想,这也只不过是一堆细小的灰尘罢了。但是,我的神志仍然停留在迷人的梦境里,我已经能够从这些灰尘中认出最微小的原子了。

　　一切都令我惊奇：空气、水、金子、阳光、宝石、灰烬、花粉、珍珠、贝壳以及蝴蝶翅膀上细细的粉末、蚕丝、蜡、木头、铁、显微镜下的尸体。可是，我看到在这一切微小的灰尘中，孕育着一个不好捉摸的生命，它似乎正在找一个可以固定的地方，然后再出生，再生长，再完善起来。它好像又溶成了金色的云，飘浮在初升的太阳的玫瑰色光辉中。

大鱼的故事

很久很久以前有一个渔夫，他有三个儿子，他们住在河边一座用芦苇、石子和泥土搭建成的茅草屋里。那是一间比四周的红柳树还要低矮的小茅草屋。他养了一只小狗，还有一匹小马。他在小马背上放了两个鱼筐，每天牵着它去城里卖鱼。

每天，三个孩子看着银光闪闪的鱼儿被运走，他们真想留下一条啊，在午餐的时候尝一尝。

有一天早上，他们又眼睁睁地看着打来的鱼被运走了，就马上跑走进茅屋里，对妈妈说："爸爸每天都到河里打鱼，可是我们却从来没尝过其中的一条！"

"咱只有把那些鱼卖掉才能过日子啊，可怜的孩子们！"

然而，丈夫从城里回来时，她到大路上迎接他说："哎，我可怜的丈夫，哪一天你也该打条鱼来给咱们的孩子们尝尝才好。他们那么的想吃鱼，我想连鱼骨都能吞下去呢！"

"既然你那么说，那好吧，明天我起个大早，打到的第一条鱼就拿给我们的孩子们吃。"

第二天天刚蒙蒙亮的时候，鸡还没有打鸣，渔夫就起床了。他到晨雾迷漫的河上，撒下网，再一拉，就见网到了一条非常大的鱼，大得他没法把它拖到这条小船上。

渔夫看见这么大一条鱼，感到很吃惊。

"可怜的鱼儿，我从未给过你生命，但是我也不能让你死啊！"

怀着相当惊异的心情，他把大鱼放回水里。

划开船，他在稍远一处浓密的树荫下，重新再撒下网。他一拉网——

好不凑巧——又网到了这条大鱼。

这次，他只好把大鱼弄到了船里。

"可怜的鱼儿，你为什么总是自投罗网呢？"

他不再到更远处去打鱼了，而是立即转身跑回家，还没进家门，就在那里大喊起来："嗨，我可怜的妻子，赶快准备好最大的锅，快过来看我给你们带来什么了！"

鱼实在太大，哪个锅都煮不了。他们只好在红柳树中生起了一堆篝火，将鱼放在火当中的一块平坦的石头上。

三个孩子围着火堆转着，贪婪地看着，闻着香味，高兴的忘掉了一切，口水流了出来……

一家人大吃特吃起来，只要肚子里还有丁点儿空隙，就尽量使劲往里填。

这条鱼好大，爸爸、妈妈和孩子们怎么吃却也吃不完。他们把剩下的喂给小狗吃，小狗的肚子吃得像一个大圆桶，但是还是没有吃完。他们又把剩下的喂马吃，马吃呀，吃呀，却还是没有吃完。这可怎么办呢？

"那样吧，"父亲想了想说，"我把剩下的鱼埋到花园里的那棵带刺的树底下。"

渔夫拿起铁锹，在花园尽头的一棵高大的山楂树下刨了一个坑，把剩下的鱼全部都埋到了坑里去。

第二天，狗生下三只小狗，马生下了三只小马，而山楂树下则出现了三把漂亮的宝剑。

"你们三个，"父亲对孩子们说，"每人拿一把剑，带一条狗，牵一匹马。"

人们立刻发现第一条狗能跑得像风一样快，所以给它起名为风快；第二条狗可以把铁棍咬断，所以就叫它铁断；而第三条狗呢，什么都可以被它挣断，所以就管它叫都断。

"等到小马长得强壮了，"父亲说，"你们三个就骑着它们去周游法国。不过别三个人都往一处去，要每人到一个地方。"

"但是，"老大在出发的那一天说，"如果是弟弟们病了，我怎么才能知道呢？"

父亲于是给了每个人一个打足了气的球胆。

"你们看，若球胆上哪一处瘪下去了，就是在那个方向的兄弟已经遇到了危险。"

三个小伙子非常健壮，脸色红润，目光炯炯有神，面带笑容，身子就像松树一样的挺拔。他们对爸爸妈妈说，他们要去做一番非常伟大的事业，将来回到家时，会献给他们一座大城堡，里面会有他们所需要的一切，父母再也不用住在那么可怜的小茅屋里了。

于是三兄弟每人拿了一把剑，便骑上马，还带着狗，便一同出发了。

小弟弟带走的狗是风快。它一阵风似地向前跑去，主人紧紧跟在它后面。

傍晚，他来到一片森林旁，看见了一座他之前从来没有见过的美丽的城堡。

"太棒了，我正愁没有地方过夜呢，我们进去借宿一夜吧！那样也能让我的马儿和小狗歇一歇。"

他向前走了几步，便穿过大门，走进院子里，向四周看了看，没有一个人。

他又走到马厩里，看到新铺的厩草非常干净的。他敲了敲门，又喊了几声，还是没有人答应。

他把马鞍卸下，将马拴在马厩里。安排停当之后，便又回到院子里，跨上台阶，走进了厨房。

厨房的炉灶上正烧着火，可是跟别处一样，这里也是空无一人，没有什么动静。仿佛一切都正等待什么，一片死寂。

"等等吧，总会有人来的。"

他便在炉火前坐下，狗待在他身边。他不时的扭头四处观望，但却不感到害怕。

"有狗和剑在，我还怕什么！"

忽然一扇小门打开了，一个老巫婆走了出来。但是她的农服上到处都是窟窿，简直都可以把全国上下所有带钩的汤勺都挂在她的身上了。

那是一个面目可憎的老太婆，她满脸皱纹，还紧撅着嘴，耷拉着的眼皮上都是眼屎，眼睛里满布了血丝。只要多看上她一眼你就会恶心。她像一段在水流里颠簸的灯心草一样颤抖着。

"怎么啦，老巫婆，为什么哆嗦得这么厉害？"

"噢，先生，我冷，冷得我的骨髓都快要结冰了。"

"那就快过来烤烤火吧！"

"先生，我很想烤火，可是我却害怕那条狗。"

"可是我的狗一点也不凶的，老巫婆。"

"不论它凶不凶，先生，我真的怕它。你把它拴上吧！"

"我不是替你拴狗的佣人。并且，我也没有拴狗的绳子。老巫婆，要拴你就自己拴吧！"

听他这么一说，没等二话，老太婆拔下一根头发，就把风快拴到在墙上。

刚刚拴完，她就像一阵旋风那样，扑到毫无防备的年轻人身上，揪住了他的头发，将他摔倒在地，还没等他还手，就拖着他穿过厨房、台阶和院子，一直拖到一个井一样深的地窖边，毫不留情地将他扔了下去。

"现在，你就到地窖里面去数石头吧！"

紧接着她拿起一块桌面大小的石板，用它盖住了地窖口。

可怜的年轻人在那里拼命叫喊：

"风快！过来救我，风快！"

可是风快已经被巫婆的头发丝拴住不能动了，除非把墙推倒才可以脱身。

在第二天早上，第二个孩子在一棵挂满藤萝的大树下面醒了过来——昨晚他就是和衣躺在这棵树下过的夜，他用清凉的溪水洗了洗脸，他便准备继继行路。

"不知我的兄弟们怎么样了，不知道他们有没有遇到危险呀？"

他看了自己球胆，却发现一边已经塌陷，而这一边正对着小弟弟之前游历的方向。

"啊，我可怜的弟弟，他遇到危险了。"

他立刻抓住剑，跨上马，一手牵着铁断，跋山涉水，四处寻访。

走了整整一天，他终于在黄昏时分在一片森林边上看见了那座城堡。

"我得进去打探一下，也许会有人看见过我的弟弟之前从这儿经过。"

他跨过大门，走进院子里，却没有看见一个人。大声喊了几声，还是没有人答应。

他想想，来到了马厩里，看见栓着一匹马。他立刻就认出了这匹马，而马也认识他，对着他不断嘶鸣起来。

"啊，我的弟弟还在这个城堡里，难道他在这里病倒了？应该去找个人打听一下他的消息啊。"

他将自己的马拴在了那匹马旁边，走进了厨房。

风快被拴在墙上，炉火正在燃烧，铁钩上挂着锅子，碗橱里放着盘子。仿佛一切正在等待着什么。一片死寂。

"应该找个人去好好打听一下我弟弟的下落才好。"

他解下了剑，坐到了炉火旁。铁断待在他的身边。

这个时候，老太婆又出来了。她颤抖着，浑身瑟瑟发抖。

"怎么啦，为什么哆嗦得那样厉害，老巫婆？"

"哎呀呀，先生，我冷得骨髓都疼啊！"

"你冷，那就快过来烤烤火吧！"

"先生，哎呀，我害怕那条狗呀。"

"不用害怕，老巫婆，它一点也不凶的。"

"不论它凶不凶，先生，我怕它呀。你就把它拴上吧！"

"难道我是负责替你拴狗的佣人吗？况且，我也没有绳子呀。你自己去拴吧，老巫婆。"

老太婆不等二话，又拔下了一根头发，将铁断拴到了墙上。然后又立刻扑向年轻人，揪住了他的头发，将他摔倒在地上，拖着走出台阶，来到了大院的地窖边。

她下手那样的突然，年轻人根本来不及去应付，只是喊了一声铁断和风快。但是铁断和风快都被老太婆的头发丝紧紧的拴住了。它们徒劳地挣扎着，却没能脱身，反而快要被勒死了。

老太婆随意一翻手，将年轻人推进了地窖，摔到了他弟弟的身边。她就像盖壶盖那样轻巧，就把那块石板盖到了地窖口上。然后，她满意地在那里嘟哝了一阵，又回到城堡的深处去，就好像蜘蛛重回到蜘蛛网的一角那里去了。在那里她等待着在第三天晚上将要到来的最后一个兄弟。

最后一个兄弟就是老大。他之前在山里一块草地上露宿了一宿，第二天早上起来之后到一个清泉边先洗了洗脸，又观察一下四周的动静。

"弟弟们不知道现在会在哪里呢?"

他看了一下球胆，却发现一边已经陷下去，而另一边也很快就泄了气。

"天呐，我的可怜的弟弟们! 小弟弟应该已经遭了灾，二弟此刻也正需要我去救他。我得快走!"

他立刻握住了剑，唤了一声都断，便跨上了马。在天黑之前，他一刻也不能停歇。他们兄弟三人十分相爱，大哥暗暗下定决心，一定要救出两个弟弟。

夜幕降临之时，他最后终于来到了那片森林边，看到了老巫婆的城堡。

"我得进去打探一下，看有没有人看到过我的弟弟们。"

他放眼四处去观望，有个牧羊小姑娘正蹲在一丛灌木的后面在避风。他调转马头到灌木丛边，问牧羊女是否见到过他的弟弟们。小姑娘回答说她没有看见，于是他准备走进城堡里面去。

"噢，先生，你可得小心些! 那里边住着个老巫婆，之前所有进去的人就没有一个出来过。"

"我的两个弟弟一定在里面，我必须要去营救他们。"

他驱马走向大门，下马便进入院子里，来到了马厩里。当时马厩的门是敞开着的，两匹马被拴在食槽边。他将自己的马也拴到那里，就走进了厨房。他看见两条狗被系了在墙上，炉火正在两个柴架中间燃烧着。他坐下在那里等待着。

老太婆终于出来了，从头到脚都在浑身颤抖着。

"怎么啦，老巫婆，为什么哆嗦得这么厉害?"

"哎呀呀，先生，我好冷，冷得骨髓都疼啊!"

"你既然冷，那就快过来烤烤火吧！"

"我怎么会过去呢？先生我害怕你的狗啊！"

"我的狗非常驯服，一点儿也不凶的。"

"也许它像你所说的那样，先生。但我还是怕它，你快把它拴起来吧！"

"难道我是负责替你拴狗的佣人吗？况且我也没有绳子。如果要拴你自己去拴吧，老巫婆。"

老太婆立马动手。像对待风快和铁断似的，她拔下了一根头发，将都断拴到了墙上。

然后又像对付两个弟弟一样，她猛扑到了老大身上，使劲的揪住他的头发，将他打倒在地，正准备拖到地窖去。

年轻人因为作了防备。他立刻站起身，大叫到：

"都断！"

都断就是都断，它什么都能挣断，巫婆的头发丝当然也不能例外。它一下子就脱了身，并把其他两只狗的绳子也都弄断了。三只狗一齐扑到了恶毒的老巫婆身上，跟她算最后的总账。它们又咬又叫，又拖又撕，愤怒地把犬獠牙扎进了她的身子里。一眨眼，老巫婆的裙子上和身体上都布满了窟窿。

三只狗用力把老太婆拖倒在了地上，踩在她的身上，展开了一场恶战。老太婆发出了鹰一般的号叫，嚷着求人把狗赶开，并且发誓，只要把狗赶走，她就会说出两个兄弟的下落。

"老巫婆！快说，你如果动了我兄弟一根毫毛，就别想有好下场！"

"他们都在，全都在地窖里。"

老大三步并作了两步，向地窖跑去。

来到了地窖口，他听到两个弟弟的呻吟声。他伸开了胳膊，用劲掀掉了石盖，又跑到了马厩，拿来缰绳，将两个弟弟从地窖里拉了出来。虽然他们还没有死，却已经奄奄一息了。

他替他们包扎好伤口之后，又喂他们吃东西，叫他们躺下调养。在第二天早晨，两个弟弟都完全恢复了健康，他们准备出发。

事实上，他们已经不必离开这个城堡了。当他们想到该把老太婆从狗的獠牙下解脱出来时，事情几乎已经被解决了：只要把老太婆的残存尸骸扔到地窖里面，然后盖上那块石板就可以了。

这个地区的居民大大的松了一口气。他们燃起了愉快的火堆，火焰生得跟城堡的塔尖那么高。

三个孩子骑着他们的三匹马，带着他们的三条狗——风快、铁断和都断，高高兴兴的回家探望父亲和母亲。在第三天，他们一家人就离开了那可怜的茅屋，之后搬进了老太婆的城堡里。

布里斯凯的狗的故事

在我们里翁的大森林里，靠近古比耶尔村并且紧挨着圣马杜兰教堂大井泉的那个地方，居住着一位忠厚老实的砍柴的樵夫，名字叫布里斯凯。他和他的妻子布里斯凯特住在一起，靠每天砍柴赚钱，维持一家人的生活。

慈祥的上帝赐给了他们两个漂亮的孩子：一个是六岁的金发女孩，名字叫比斯科蒂娜；一个是七岁的棕发男孩，名字叫比斯科坦。除此之外，他们还养了一只杂种卷毛狗，浑身乌黑的，嘴边长着一绺火红色的狗毛。这种狗是在当地最名贵的品种了，它对主人非常忠心。

人们为这只狗取名叫比肖娜，因为它是只母狗。

那时候里翁的森林里，有很多很多只狼。那一年接连下了好几场大雪，穷人的日子极其艰难，到处是一片十分凄凉的景象。

布里斯凯每天都会出去干活。他会随身携带着一把锋利的斧子，因此他不怕狼。

直到一天早上，他对布里斯凯特说："我的妻子啊，如果猎狼官没有来，你可千万别让比斯科蒂娜和比斯科坦出去乱跑，不然会遇上危险的事情。让孩子们在池塘和小丘之间玩耍就行了。为了以防万一，我已经在池塘周围打好了木桩。布里斯凯特，你也千万别让比肖娜出门，它总想出去玩呢。"

布里斯凯每天早上都会向媳妇叮咛同样的话。

有一天晚上，他没有如同往常那样按时回家。布里斯凯特守着门槛，来来回回地走动，搓着两只手说："我的上帝，现在已经多晚了啊！……"

接着她又出来大声喊道："喂！布里斯凯！……"

比肖娜立刻扑到她的肩上，好像在说："让我去找找吧？"

"不要闹！"布里斯凯特接着说。

"比斯科蒂娜，你快到小丘去看看爸爸到底回来了没有。比斯科坦，你顺着池塘旁边的那条路过去——不过千万要小心，可能有的地方还没有打好木桩。你到了那儿就使劲地大喊：'布里斯凯，你在哪？布里斯凯，你在哪？'"

"小声点，比肖娜！"

孩子们出门了，走远了。当他们在山丘和池塘的小路上汇合的时候，比斯科坦一开始说："真吓人！我一定会找到爸爸，否则，狼就会把我吃掉了！"，

"真可怕！"比斯科蒂娜说，"否则，狼也会再把我吃掉的！"

这时，布里斯凯已经到家了。他是环绕过库阿奥萨纳里的莫尔特梅修道院，顺着碧榭大路赶回来的，因为他是为了让巴基耶送柴过来。

"你遇到亲爱的孩子们了吗？"布里斯凯特急忙问。

"孩子们在哪？"布里斯凯说："我们的孩子们吗？哦！我的上帝，难道你让他们出去了吗？"

"我让他们会池塘和小丘那边去找你，但是你貌似是从另一条路回来的。"

布里斯凯拿着他还没有来得及放下的锋利斧子，急匆匆向小丘方向跑去。

"你快把比肖娜也带上吧！"布里斯凯特向冲他喊道。

比肖娜马上跑出去了。它已经跑得很远，布里斯凯很快就看不到它了。他大声喊叫着："比斯科蒂娜！比斯科坦！"没有人回应他。

他着急得快要哭起来，心想孩子们一定是失踪了。

他跑了很长时间，很久以后，他终于好像听到比肖娜的声音了。他举起锋利的斧子，向发出声音的森林深处跑去。

比肖娜已经等在那里许久了。

就在比斯科蒂娜和比斯科坦将要被狼吃掉的时候，比肖娜急忙赶到

了。它猛地扑上去，又拼命地狂吠，想用叫声通报布里斯凯。布里斯凯举起手中锋利的斧子，猛砍下去，恶狼被直挺挺地砍倒在地。可是，这一切对比肖娜来说都已经太迟了——它已经被狼咬得没气了。

布里斯凯、比斯科蒂娜和比斯科坦回家与布里斯凯特相逢，大家非常高兴；但他们又哭了，每个人的眼光都在寻找着小狗比肖娜。

布里斯凯把比肖娜埋葬在他的菜园子地头的一块大石头底下。请学校老师帮忙在石头上用拉丁语写下了这样的文字：

这里安葬着布里斯凯的可怜的狗比肖娜

从那时以后，人们一直传说着这样的寓言：

真像布里斯凯的狗那样可怜，
仅仅去了一次森林就被狼咬死了。

金发小姑娘的故事

一　布隆迪娜

很久很久以前，有一个国王，他的名字叫贝楠。人们都十分爱戴他，因为他非常善良。坏人都害怕他，因为他坚决主持公道。他的夫人——杜赛特王后也同他一样善良。他们有一个可爱的小女儿，这个小公主披着金黄色的头发，因此为她取名字为布隆迪娜，就是金发小姑娘的意思。小公主像她的爸爸妈妈一样，既美丽又善良。但是，非常不幸是，她生下来才几个月，她的妈妈就去世了。国王十分悲伤，但是小布隆迪娜却还什么都不懂，她还像往常一样，笑啊，玩啊，她还是照样喝奶，照样睡得那么安静。

国王十分疼爱自己的小女儿，小公主也同样觉得爸爸是世界上最最可爱的人了。国王为小布隆迪娜买最贵的玩具，给她世界上最好的糖果吃。布隆迪娜过得十分幸福。

有一天，有人来告诉国王说，他的臣民都希望他能再娶一个妻子，生一个王子来继承他的王位。起初，国王没有答应，可是之后大家一再催促他，他就无法再拒绝臣民们的请求了。他对他的大臣莱热说："我亲爱的朋友，虽然大家都希望我能够再娶一个妻子，但是我仍然在为王后的死而感到悲伤，我不想自己去找别的女人。所以我想拜托你帮我找一个公主，只要她能够疼爱我的小女儿就行了。别的我什么也不要求。快去吧！我的朋友，如果你找到适合的人，就帮我向她求婚，顺便把她带回来。"

　　莱热马上出发了。他走遍很多国家，见到了很多很多公主。有驼背的，有丑的，甚至还有品行不好的。最后，他终于到了一个国家，这个国王有个既聪明又漂亮的女儿，从外貌上看去非常不错。莱热没认真地打听她是不是真的好，就立刻替贝楠国王向她求婚。其实国王早就盼着女儿赶快嫁人离开他，原因是她的性格很坏，特别自负，还爱妒忌别人。国王去打猎、旅行或者外出巡视的时候，她总是惹麻烦。因此，国王马上就答应了莱热的请求。于是莱热便带着这个名为伏拜特的公主，驱赶着四千匹驮着公主的衣物、首饰的骡子，动身回国了。

　　信使很快就把他们回国的消息报告给那个贝楠国王。当国王初次见到伏拜特公主的时候，也觉得她挺漂亮，但并没有觉得她善良温柔。不知为什么，当伏拜特看到金发公主的时候，她的目光里充满了恨意。这个三岁的小布隆迪娜竟被那邪恶的目光吓得大哭了。

　　"怎么了？我温柔听话的小布隆迪娜为什么哭了。"国王亲切地问。

　　"亲爱的父亲，请你不要让我跟着她，我害怕。"布隆迪娜偎依在父亲的怀里请求。

　　国王很惊讶，当他再看伏拜特的时刻，他立刻明白了——她那让金发小姑娘感到十分害怕的凶狠模样还没有来得及变回来。接着，国王马上决定，不会让布隆迪娜和新王后一起生活，依然像过去那样，仍然由奶妈和保姆来照顾她。奶妈和保姆都对布隆迪娜十分好。从此之后，新王后就很少见到金发小姑娘了，但是当她偶然看见她的时候，还是她按捺不住对布隆迪娜的妒忌。

　　足足过了一年，新王后也生了一个漂亮的女儿。因为她长着乌黑美丽的头发，因此取名为布耐特。这个小姑娘虽然也很漂亮，但是比不上布隆迪娜。渐渐地，布耐特长大了，但她的品行却越来越坏了，也像她妈妈一样。她十分讨厌金发小公主，她常常对金发小姑娘恶作剧，咬金发小姑娘，捏她，还抓她的头发。她故意弄坏布隆迪娜的玩具，扯坏布隆迪娜的漂亮裙子，可是善良的金发小姑娘从不生气。她总是原谅布耐特，还在国王面前为她说话："爸爸，请你不要责怪她，她把玩具弄坏了是不对，但是她还小，还不懂事情。她咬我，抓我的头发，都是跟我逗着玩儿呢！"

国王听了这番话，只是亲善地亲了亲金发小姑娘，二话也没有说。其实，他心里什么都明白。就这样，国王越来越喜欢亲爱的布隆迪娜，越来越不喜欢布耐特了。

伏拜特王后也十分有心计，她把这一切都看在眼中，记在心头上。自然地，她越来越恨这个天真可爱活泼善良的金发小公主了。假使不是因为怕国王生气，她一定要让布隆迪娜变成这个世界上最最不幸的孩子。国王不允许布隆迪娜单独和王后住在一起。人们都了解国王既善良又公道，他会十分严厉地惩罚不服从他的坏人，因此王后自然不敢不听他的话。

二　布隆迪娜失踪了

布隆迪娜快要七岁的时候，她的妹妹布耐特还只有三岁。国王送给金发小公主一辆豪华的小车。车子由两只鸵鸟拉着，让一个十岁的小仆人驾驶着的。这个小仆人是奶妈的亲侄子，名字叫古芒。他非常喜欢布隆迪娜，他们俩从小时候就在一起玩儿。布隆迪娜对古芒十分好。可是古芒有一个坏毛病，他很嘴馋。他非常喜欢吃甜的东西，有时可以为了得到一袋糖，可以作坏事。因此金发小姑娘常常教育他说："我非常喜欢你，古芒，但是我不希望你那么馋。希望你能够改掉这个令人讨厌的坏毛病。"

古芒吻了一下她的小手，答应她一定会改正。但是背地里仍然会去厨房偷点心，去餐厅偷糖果。就是为了这个，他经常挨打挨骂。

伏拜特王后很快就得知了人们对古芒的责备。于是她就想利用这个小奴仆的毛病去陷害布隆迪娜。她又想出了这样一个主意……

金发小公主经常乘坐着那辆豪华的小车去花园里玩耍。花园的边上围护着铁栅栏，栅栏另一边是一片又宽阔又漂亮的丁香林。那里种着有常年盛开不败的丁香花。但是谁也不敢再到那林子里去，因为人们知道丁香林有一种魔力，人一旦进去，就永远走出不来。古芒当然也知道丁香林是十分可怕的，可是人们却不放心，总是不让他把金发小公主的车往树林子那边赶，怕他一不当心越过了那道铁栅栏走入丁香林里去。

有好几次国王打算叫人沿着铁栅栏修起一堵墙，要把铁栅栏拾掇得再密一点儿，防止其他人越过去。可是工人们运来的铁条和石头，刚放在那儿，就有一种十分奇异的力量，把它们移走了，而且就再也找不回来了。

而王后伏拜特呢？她开始用"友谊"的手段去拉拢古芒，她每天都会给他很多好吃的甜食和糖果。这样，古芒变得真是愈来愈贪嘴了，直到后来离不开王后给他的果冻、糖或者点心了。就在这时候，王后突然就把他叫去，对他说："古芒，你是希望得到满满一箱糖果呢，还是宁愿永远都吃不到糖果呢？"

"永远都会吃不到糖果？啊！王后，那我可要愁死了，王后，请您告诉我，如何才能永远都有糖果吃呢？"

"好吧，只有一个办法了，就是你拉着布隆迪娜公主到丁香林的旁边去。"王后盯着他说。

"不！我绝对不能，王后。国王不允许我这样做。"

"什么？你竟然不愿意？那好，再见吧，我再也不会给你糖果吃。而且我会让宫里所有的人都不给你糖果，永远也不给你糖果吃！"

"王后，请您不要如此残酷！"古芒大哭着说"请您再给我一个其他的命令，我一定会去执行。"

"我再重复一遍，你把布隆迪娜拉到丁香林的那边去，你要想办法让她下车，走过铁栅栏，走进林子里去！"

古芒的脸色变得惨白了。他说："王后，如果她要是进去了，就永远也出不来了啊！"

"我再说一次，也是最后的一次，你到底领不领她去？或者是能够得到一整箱的糖果，并且我每月都会给你一次；或者是永远也别想吃到糖果或点心，你自己来做选择吧！"

"那么，我怎么才能逃得过国王给我的十分可怕的惩治呢？"古芒犹豫地皱着眉问道。

"这个用不着担心，你把布隆迪娜送进去之后，就立刻回来找我。我想办法让你带着糖果离开这里。你的将来由我来负责。"

"啊！王后，请您再可怜可怜我，不要勉强我去害我的亲爱的小主人吧！她对我总是特别好！"

"你又犹豫了？你这个狗东西，布隆迪娜之后会怎么样，这与你有什么关系？之后我会让你侍候布耐特，并且我保证会让你永远也不缺糖果吃。"

古芒又考虑一会儿，终于作出了决定。为了那几袋糖果，他竟决定出卖了亲爱的小主人！这次谈话之后，古芒挣扎了几天几夜，他一直在犹豫，要不要犯这个错呢？如果去拒绝执行王后的指令，那么他嘴馋的欲望就永远也无法得到满足了。但是他又侥幸地想，也许有一天，在一位有能力的仙女的帮助下，他能把金发小公主找回来……这样一想，他似乎觉得心里又十分坦然了。他决定听从王后的旨意去做。到了第二天下午四点钟左右，金发小公主又要坐车出去玩耍了，她拥抱过她的爸爸，并且向他保证，会在两个小时之后就回来。

花园真大呀！古芒先让两只鸵鸟向着丁香林不同的方向走去。等走到得很远很远的地方，从宫殿里再也看不见他们的时候，古芒才瞬间改变了方向，冲着铁栅栏那边的丁香林走去。他不再说话，心情却很沉郁。要干坏事的念头刺痛了他的良知，他非常难过。

"你怎么了？亲爱的古芒，你为什么不说话？你难道病了吗？"金发小姑娘关切地问。

"没有，亲爱的公主。我很好。"

"可是你的脸色怎么这么苍白呀？快告诉我，你到底怎么了？我的小古芒，我一定会尽力帮你的。"

金发小公主善良的心，几乎让古芒动摇心软起来来。但是一想到王后的那些糖果，他的念头又打消了。

他还没有来得及回应小公主的话，飞驰的鸵鸟就已经把车拉在花园边，撞到铁栅栏上。

"啊！多美的丁香花啊！"金发小姑娘感叹起来："真香啊！我要采一大束丁香花，送给爸爸！古芒，你下车吧，去帮我摘几枝来吧。"

"我不能去，公主。如果我不留下来看着车，鸵鸟会自己跑的。"古芒答道。

"那有什么关系？我自己也能驾车回宫殿去。"

"如果我让你一个人先回去，国王一定会责骂我的。所以如果你想要，最好还是自己去采吧！"

"好，我也不想让你受责骂，可怜的古芒。"她一面说，一面下了车，越过了铁栅栏，去采丁香花去了。

这时古芒很不安，他浑身发抖，良心在折磨着他，他非常后悔，想去叫布隆迪娜回来。可是，尽管她离他只有几步远，尽管她就在他面前，金发小姑娘依然听不见他的呼唤，因为她已一步一步陷入了这个有魔法的丁香林里了。很长时间里他一直注视着走向定向林深处在采丁香的小公主，最后，她终于消失在古芒的视线里了。

古芒伤心的哭啊哭了很久。他后悔自己所犯下过错，他开始后悔自己怎么那么嘴馋，他恨伏拜特王后。后来，他估计金发小姑娘该回宫殿时间到了，就赶着车回去了。他从马棚后门悄悄溜进去，跑到王后那里，王后正在等他呢！一看到古芒苍白的脸色和因为悔恨而哭得通红的双眼，王后就明白了她的阴谋得逞了。

王后问："你一切都做好了吗？"

古芒点了点头，他已经再没有力气说话了。

王后说："来！这是给你的奖励，"她指给他看一个木箱，里面装着各种各样的糖果。她叫仆人把这只箱子放到骡子的背上。还有很多其它的骡子驮着一箱箱首饰。

王后说："我想委托你把这些首饰送给我的爸爸，去吧！古芒。一个月之后，你回来，我再给你一箱子糖果……"

王后还塞给古芒一个钱袋，里面满是金子。古芒骑上骡子，什么话也没说就离开了。一上路，骡子就疯跑起来，这匹骡子性格暴劣，因为驮的东西太重，它乱跑乱踢起来。古芒既不会骑骡子又不会骑马，他从骡子上摔了下来，头碰在石块上，忽然就死了。他还没来得及尝王后给他的糖果，还没从他的错误中得到一点好处，就离开了人世。

谁也不会可怜他，因为没有人喜欢他——除了那个金发小姑娘会对他好。

金发小姑娘在哪里呢？我们会在丁香林里见到她。

三　丁香林

布隆迪娜一进入丁香林，就开始摘丁香花，她摘了好多好多，丁香花又香又美，她非常高。越高兴采花的劲头也越盛。采了这边的，看到那边还有更漂亮的……采呀采呀，越来越多，她把手帕和围巾里装满的花儿倒出来，替换上更新鲜更美丽的花……

忙了一个多钟头，她感到又累又热，花儿越采越多，却也越来越重。这时她才想起应该回宫殿了，但当她转过身的时候，却发现自己已被丁香树包围了起来，于是她大声叫古芒，却没有人回答。

"我走的路似乎比我想像的更远了！"布隆迪娜自言自语地说。

"我得按着我的脚印往回走了，虽然现在很累了，可是古芒一定在等着我，一会儿我就能找到他的。"

走了一段时间，她还是望不到林子的尽头，于是又开始喊起古芒来，她喊了好多次，仍然没人答应。这时，她开始害怕了。

她想："我一个人在这个大树林里该怎么办呢？可怜的爸爸等不到我回家会怎么样呢？没有我，古芒怎么敢回宫殿去呢？他可能会挨骂或者挨打。都是我不好，因为是我要下车的，是我自己要去摘丁香的。真倒霉啊！就算今天晚上不被狼吃掉，我也会被渴死饿死的。"

布隆迪娜倒在一棵大树下边，失声痛哭，她哭了很长时间……最后，疲惫赶走了忧愁，金发小姑娘把头枕在装满丁香花的鞋上睡着了。

四　第一次醒来——米农小猫

布隆迪娜睡了整整一夜，任何凶猛的野兽也没来打扰她。她没有觉得冷，第二天清晨她醒得很晚，揉揉双眼她才发现原来自己不是睡在卧室里，而是被大树包围起来了。她感到非常惊讶！她喊自己的保姆，但是，只有一只小猫"喵！喵！"地回答她。她又怕又奇怪，向地上一看，原来在她的脚边，有一只很好看的小猫正亲切地看着她。

"米农，啊！你真漂亮啊！"布隆迪娜轻轻地用手抚摸着它雪白的皮毛。

"看见你真高兴，你能领我去你的家，米农，对吗？可是我饿极了，如果不吃饭，我连走路的力气都没有了。"

布隆迪娜刚说完，米农小猫就用小爪子指着一个放在布隆迪娜身旁的包袱喵喵地叫起来。那是一个用白细布包着的包袱，打开一看，里面原来是一些抹着奶油的面包片。布隆迪娜拿了一片吃起来。真好吃，啊呀！她掰下了几小块喂米农吃，小猫也很高兴地咀嚼面包。他们俩都饱了以后，布隆迪娜弯下腰，轻轻地抚摸着小猫，对它说："谢谢你给我带来了午餐。现在你能领我去找我的爸爸吗？如果我不回去，他一定会很担心的。"

米农摇摇脑袋，悲伤地喵了一声。

"你听得懂我的话？"布隆迪娜说："米农，那么，你能可怜可怜我吗，把我带到有人家的地方吧。我在这可怕的树林里又饿又冷又害怕。"

米农小猫盯着她，轻轻地点了一下头，表示它听懂了。然后，它起身往前走了两步，又转身看看布隆迪娜示意她跟着自己走。

"米农，我在这儿呢，我会跟着你，可是咱们怎么才能走出这茂密的荆棘丛林呢？我没看到路啊！"

这时，米农跳进了荆棘林里，那些杂草乱立刻就向两边分开，留出一条路来，正好可以让他们俩过去。他们刚走过去，那些荆棘就又重新合拢了，路就又不见了。他们走了一个小时。他们越走周围越显得亮，草也变得越来越整齐细密了，繁茂的树杈交织在一起，美丽的小鸟歌唱着，小松鼠在树丛里跳来跳去。布隆迪娜被眼前这美丽的景色吸引了。她一点也不怀疑，她相信她一定可以走出这片丁香林，一定能回到爸爸身旁。于是她停下来采树上的花儿，可是米农却总是一直往前走，每当布隆迪娜一想停下来，它就发愁地喵喵叫不停。

　　一个小时之后，布隆迪娜看到了前面有一座金碧辉煌的宫殿。米农一直把她领到宫殿前面的金栅栏边。可是栅栏门却关着，要怎么才能进去呢？这里又没有门铃，这时候米农消失了，只留布隆迪娜一个人在这里。

五　鹿妈妈——碧什

　　小猫米农已经从一个专门为它开设的小门走了进去。大概是它通知了宫殿里的人，因为没等到布隆迪娜叫门，金栅栏就自动打开了。她进入院子，却没有碰见一个人，宫殿的门又自动打开了，她走了进去。这是一个用昂贵的白色大理石装饰的宽敞的衣帽间。接着，从衣帽间通向里面的一扇扇门全部自动打开了。布隆迪娜看见了许多漂亮的客厅。最后，在一间蓝色和金色装饰的华丽的客厅里，她看到一只白色的鹿卧在一张散发着清香的精致草床上。鹿妈妈看到布隆迪娜进来，就起身走到她身边，对她说："布隆迪娜，欢迎你！我的儿子米农和我已经等待你很久了。"金发小姑娘见到鹿妈妈会说话，感到非常害怕。

　　"布隆迪娜不要害怕。我们是你的好朋友。贝楠国王认识我，我也非常喜欢你。"

　　"夫人，是吗？如果你认识我的父亲，那就请你送我回家去吧！我不在家，国王一定会非常难过的。"

　　鹿妈妈碧什微笑地说："亲爱的布隆迪娜，我没有办法送你回去，你现在被丁香林的强大魔法控制住了！我和你一样无能为力，丁香林的魔力比我大很多，但是我可以给你的父亲托一个梦，告诉他你在我家，并且会向他保证，你一定会交上好运的。"

　　"怎么？我永远也无法见到我的父亲了吗？我那么喜欢他呀！"布隆迪娜惊奇地叫起来。

　　"亲爱的小姑娘，不要再想将来的事了！智慧将会给你一切！你会看到你父亲的，但不是现在。请等待吧，可是你一定要听话，米农和我一定会尽量让你生活得愉快。"

布隆迪娜叹了叹气，流下了眼泪，可是她又想："鹿妈妈这样好意地对待我，我却用愁眉苦脸来回报她，这多不好啊！"于是她压抑着自己，尽量让自己高高兴兴地和他们说话。

米农和碧什领着她去参观他们给她准备好的房间。这是布隆迪娜的卧室。整间屋子都是用绣着金丝的玫瑰色绸子装饰的。家具上铺着雪白的天鹅绒，上面绣着美丽的金黄色图案：有鸟、动物、还有蝴蝶……卧室旁边，就是她的书房，这间房子全部是用镶着珍珠的蓝色锦缎布置的。家具上嵌着银白色的花纹，钉子是蓝宝石做的。墙上挂着两幅美丽的画像：一幅是一位年轻华贵的夫人；另外一幅画着一位英俊的青年。从他们穿着可以看出，他们是皇家的成员。

"这两幅画像画的是谁呀？"布隆迪娜好奇地问碧什。

"亲爱的布隆迪娜，我现在还不能告诉你，以后你总会知道的。现在该吃饭去了，走吧，你一定饿坏了。"

真的，布隆迪娜饿坏了。她跟着碧什走入餐室，一顿丰盛的晚餐完全准备好了。地上铺着一张很大很大的白缎褥子，这是为鹿妈妈准备的；在她面前放着一束经过精心挑选的又细嫩又新鲜的青草，附近有一个用金子作成的水槽，里面装满了透明清澈的泉水。碧什的对面放着一把高高的小凳，凳子上有一只小金碟，里面有油炸的山鸡腿和小鱼，碟子旁边放着一只水晶的小汤盆，里面盛着新鲜的牛奶，这是小猫米农的晚饭。布隆迪娜被安排在米农和碧什中间，那儿为她准备了一个用象牙雕成的小椅子，上面用金刚石钉子钉着橙色的天鹅绒。她面前放着一只雕金的小盘子，盘子里盛满了美味的燕雀松鸡汤。杯子和瓶子都是水晶做的，一个软软的小面包放在金叉子和金勺子旁边，餐巾是用最细的亚麻布做的。服侍他们用餐的是几只敏捷灵活的羚羊，这些羚羊好像猜得到了客人和主人的心意，服侍得特别周到。

这顿晚餐实在是太精美了！山珍海味样样俱全。甜点更是香甜美味。布隆迪娜每样菜她都尝一遍，感觉都特别好吃。

晚饭以后，米农和碧什领布隆迪娜到花园去。小姑娘在花园里吃到了最好吃的水果。她和她的新朋友一起去散步，真是开心极了。当布隆迪娜感到有点累了的时候，鹿妈妈就让她回家睡觉。金发小姑娘欣然同意了。

她走进自己的小房间，两只羚羊服侍她休息，它们轻轻给她脱去衣服，等到她躺下以后，它们就呆在床边照看她。

布隆迪娜不久就入睡了，她没有想念她的爸爸，也没有因为离开她的爸爸而悲伤哭泣。

六　布隆迪娜第二次醒来

布隆迪娜睡得非常香甜。一觉醒来，她觉得自己跟睡觉之前的时候不一样了。她感觉自己好像变高了，而且思想好像也变得成熟了。似乎她在梦中接受了教育，读了非常非常多的书。她不但学会了画画、写字、唱歌，而且还学会了弹竖琴和钢琴。

可是，她的卧室却没有变，还像睡觉之前鹿妈妈给她看的一个样。

布隆迪娜激动起来，她赶快起床跑到镜子前一照，发现自己真的已经长大了。她现在非常漂亮，比起睡觉以前漂亮一百倍。那头长长的金发一直披到脚跟，白皙的皮肤，粉红的面颊，两只碧蓝的大眼睛和一个小圆鼻子，修长的身形苗条可爱。布隆迪娜变成了空前的世界上最美的姑娘了。

布隆迪娜兴奋极了，甚至还有点儿害怕。她赶快穿上衣服，跑到初次见到鹿妈妈的那个房间去。

"碧什，碧什，请你快告诉我，为什么我会变成这样了。昨天晚上睡觉的时候，我还是小孩子，今天早上醒来我却长成了大人。难道这是幻觉吗？还是说我真的是睡了很久在一觉之间长大了吗？"布隆迪娜惊讶地问道。

"是的，你睡了很久，你已经十四岁了，我亲爱的布隆迪娜。你睡了快要七年。这是我的儿子米农和我为了让你跳过学习开始阶段的麻烦，而施的魔法。你刚来的时候还什么都不懂，甚至不认字。我让你沉睡了七年，我们在睡梦之中训练你，让你接受到教育。我看你还不知道你已经掌握了多少的知识呢。走！我们到学习室去，你会知道你的确是学到了很多东西。"

她们去了学习室，布隆迪娜坐到钢琴边弹奏起来，她发现自己弹得很棒；又试试竖琴，也能奏出动听的音乐。她唱歌也唱得棒极了。她拿起画笔，很轻松地画起画来，并且表现出非凡的才能。她试着写字的时候，也感觉和做别的事情一样的轻巧熟练。她看书的时候，她感觉这些书好像都早已读过了似的。布隆迪娜非常惊喜，她奔到鹿妈妈的怀里，抱住她，对她说："啊！我亲爱的好朋友，我的童年受到你诸多的照顾，令我身心德艺全面的发展。我真不知道该如何感谢你！我现在觉得自己各方面都近完美了，这所有的都是你们给我的啊！"

鹿妈妈碧什轻柔地抚摸着她，米农小猫用舌头轻轻地舔她的手。在这幸福的时刻，布隆迪娜垂下目光，不好意思地说："如果我请求你们再帮我我多做一件事，亲爱的朋友，请不要责怪我是贪心不足。请告诉我，我的爸爸现在怎样了？他还在为我的失踪而流泪吗？自从我离开以后，他生活得快乐吗？"

"在你回家的愿望实现之前，你提出这样的请求是可以理解的。你站这面镜子前，就可以看见你走了之后，王宫里发生的一切事情。你也可以看见现在你的父亲怎么样了。"

布隆迪娜抬起头看镜子里面，她真的看见了她爸爸的房子，国王心绪不宁地在房间里来回踱步，他好像在等待什么人……这时伏拜特王后进来了，她对国王说布隆迪娜不听古芒的劝告，非得要自己驾车，结果鸵鸟受惊了，一直向着丁香林跑去，车翻了，布隆迪娜从车上摔下来，摔到栅栏另一边，被抛进了丁香林去了。古芒已经被吓得发了疯。王后说他已经被辞退了，并且被送回父母那里去了。听到了这个消息后，国王伤心极了，他冲向丁香林，一定要去找他可爱的小布隆迪娜。人们费了很大的力气才阻止了他，把他带回宫去。他更加伤心了，不断喊着自己的女儿的名字……最后，他睡着了，在梦里，国王梦见布隆迪娜正在米农小猫和鹿妈妈的家里。鹿妈妈向他保证将来有一天把布隆迪娜送还给他，并且还向国王保证，布隆迪娜一定会有一个幸福而宁静的童年。

镜子失去了光芒，一切都消失了。不一会儿，镜子又亮了，她又重新看见了她的爸爸——他老了，头发也都白了，他还是那么忧伤。他手里捧着一张布隆迪娜的画像，不时地淌着眼泪亲吻画像。布隆迪娜只看见国王一个人在那儿，没有王后，也没有布耐特。

可怜的布隆迪娜伤心地哭了。

"为什么只剩我爸爸一个人？布耐特妹妹和王后呢？"

"王后对你的死（人们以为你已经死了）一点儿也不悲伤。国王非常生气，不要她了，把她送回她父亲家里去了。她的父亲把她关进一座塔里，可能很快她就会因烦闷忿怒而死在里面的。至于你的布耐特妹妹，她变得非常坏，简直不可理喻。去年，国王将她嫁给了维欧朗王子，让他来管教布耐特，改变她忌妒和凶狠的性格。维欧朗待她非常不好，于是她开始懂得，她的坏脾气是不会给她带来幸福的，她终于有了一些改变。总有一天你会再见到她，并且将用你自己的善良去感化她，帮她改正缺点的。"

布隆迪娜听了这些话，极其感谢鹿妈妈。她非常想问："我什么时候可以再看到我的妹妹和爸爸呢？"但是她又担心鹿妈妈会觉得她着想离开它们，会把自己想成忘恩负义的人。所以她决定再找另外一个时机来弄清这个问题。

布隆迪娜的日子过得非常好。因为她有很多事情可以做。但是有时候她也会有一点烦恼，因为她只能跟鹿妈妈讲话。只有在吃饭和上课的时候她才能与米农小猫在一起。而米农只能用动作来回答布隆迪娜的问题。那些羚羊也只是凭借它们的热情和聪明来侍候她，它们都不会讲话。

米农小猫总是会陪布隆迪娜散步，领她去最清幽小路散步，带她欣赏最美的花。鹿妈妈要布隆迪娜保证不会到花园外边去，也一定不会到林子里去。她问过鹿妈妈很多次，为什么不能去，鹿妈妈总是笑着回答说："你不要去那林子里，那是一个可怕的地方，你千万不要去！"

有时候布隆迪娜爬上林子旁边的一座小山，在上面有一个亭子。她看到茂密的树林，美丽的花朵，很多飞来飞去唱着动听的歌曲的小鸟，它们好像在呼唤她走过去。

"为什么鹿妈妈不允许我到这座美丽的大树林里去漫步呢？不听从她

的话，我能遇到什么危险呢？"

　　每当她这样想的时候，米农小猫总是好像猜到了她的想法，喵喵地叫着，还用小爪子拉扯她的裙子，一定要她远离这个亭子。

　　于是布隆迪娜只能微笑着，跟着小猫回到孤寂的花园里来散步了。

七　鹦鹉

　　自布隆迪娜睡了七年以后，醒来到现在已经差不多六个月了。她觉得时间过得非常慢。对爸爸的思念常常令她忧郁。鹿妈妈和米农小猫像是猜到了她在想些什么。米农忧伤地喵喵叫，碧什深深地叹息。布隆迪娜很少诉说她的心事，她怕鹿妈妈生气，因为鹿妈妈已经五次三番地告诉她："如果你听话，在你十五岁时，你就可以再见到你的爸爸了。请相信我说的话，布隆迪娜，你不要为未来担心。千万不要想着离开我们。"

　　一天清晨，布隆迪娜独自在发愁，她想，她现在的生活是真是的单调和孤独。忽然，有人轻轻地敲了三下窗户，这声音将她从沉思中惊醒。她抬头一望，是一只鹦鹉。它浑身长着翠绿的羽毛，只有胸脯和脖子是桔红色的。这个陌生的小动物的出现令她惊讶极了。她轻轻打开窗户，让鹦鹉进来。当这只小鸟用尖细的声音跟她说话时，她更加惊讶了：

　　"布隆迪娜，你好！我知道你有时候会很烦闷。因为没有人和你谈话，现在我来和你说说话。但是，请你尽量别告诉碧什和米农，不然，他们会把我的脖子拧断的。"

　　"漂亮的小鹦鹉？为什么呢，碧什从来伤害别人的事，她只是讨厌坏人。"

　　"如果你不答应我向米农和碧什保密，我就永远也不会再来了。"

　　"要是你一定要这样的话，我就保证不会说的。咱们聊一会儿吧，我好久没有与人聊天了，我们一起聊天会很愉快的。"

　　布隆迪娜听着鹦鹉给她讲故事，这些故事其实都是些恭维的话，说她多么美丽，多么聪明，多么有天才。布隆迪娜被那些吹捧的话说得有点飘飘然了。过了一会儿，鹦鹉离开了。它承诺第二天再来。就这样，它一连好几天它每天都会飞来，都说些奉承的话来让布隆迪娜高兴。一天，它敲打窗户说："布隆迪娜，你快开开窗户，我为你带来了关于你父亲的消息。可是，你千万不要发出响声，如果你不想看见我被杀死的话。"

布隆迪娜打开窗户，问鹦鹉："这是真的吗？我漂亮的鹦鹉，你带来了我父亲的消息？你快说他现在怎么样了？他还好吗？"

"你的父亲很好，只是他一直为你不在身边而伤心。我已经答应过你，我一定尽我的全部力量，把你从这个牢笼中解救出来。但是，你只有帮助我，我才能办得到。"

"什么？牢笼?！鹦鹉，你不了解，米农和碧什对我有多好，他们让我接受教育，给我关爱。他们会有办法让我重新和父亲团圆的。走！请你跟我一起去，让我把你介绍给鹿妈妈碧什。"

"布隆迪娜，啊！你还不了解碧什和米农吧。"鹦鹉用它的尖细的嗓子说："他们很讨厌我，因为有好几次我成功地从他们这里救出了那些受害者。如果你不亲自拿掉符咒的话，你永远都别想见到你的父亲，也永远都别想走出这个树林。"

"什么符咒呀？我怎么一点也不明白。"布隆迪娜说："把我关在这，对米农和碧什能有什么好处呢？"

鹦鹉说："好处就是让他们不寂寞。至于符咒，那是一朵玫瑰。你必须亲自去摘下这朵玫瑰花，它能够把你解救出来，还可以把你带回到你父亲那儿去。"

"可是在花园里一朵玫瑰花都没有啊！我怎样才能摘到玫瑰呢？"

"总有一天我会告诉你的，布隆迪娜。现在我不能再说下去了，因为碧什就要过来了。为了让你知道玫瑰花的作用，你可以假装问碧什要一朵玫瑰花。你听她会怎么说。布隆迪娜，再见。"

鹦鹉飞走了，心里非常高兴。因为它在布隆迪娜的心里播种下了第一颗不听话和忘恩负义的种子。

鹦鹉刚刚飞走，鹿妈妈就走了进来，她好像很不安。

"布隆迪娜，刚刚谁跟你说话了？"碧什用怀疑的目光看了一下打开的窗户。

"我没有在跟谁说话。"金发小姑娘说。

"我明明听到说话的声音了。"

"那是我在自言自语呢。"

碧什没再说什么，她非常难过，几滴眼泪从她的眼眶流了下来。布隆迪娜也很不安。鹦鹉的话令她产生了怀疑，她重新思考着她对米农和碧什应尽的义务。一只会说话的鹿，可以让动物变得聪明起来，可以令一个孩子沉睡七年。在这七年里，并且她孜孜不倦地教育这个小姑娘。一只鹿生活得像一位王后一样。——布隆迪娜忘记了，这样一只鹿决不是一只寻常的鹿。

布隆迪娜这时候不但不感激鹿妈妈为她作的一切，她反而相信了一只不熟悉的、不可靠的鹦鹉。这只鹦鹉没有任何原因冒着生命危险，给布隆迪娜带来好处和给她服务。然而，布隆迪娜却轻易相信了它。因为它恭维她。金发小姑娘现在也再不用感恩的目光来看待碧什和米农为她准备的甜蜜幸福的生活环境，她决定听取鹦鹉的话了。

"碧什，我为什么在你的这些花中从没看到过最漂亮最吸引的玫瑰呢？"第二天布隆迪娜问碧什。

"布隆迪娜，请你不要问起这种忘恩负义的花儿。谁去碰它，谁就会被它刺伤。再也不要对我说起玫瑰！你还不明白，这种花对你有非常严重的危险啊！"

碧什的样子非常严肃，令布隆迪娜不敢再追问下去。

这一天就在沉郁中结束了。布隆迪娜感觉很尴尬，碧什不高兴，米农也愁眉不展的。

第二天，布隆迪娜跑到窗户旁边等待，她刚一打开窗子，鹦鹉就飞进来了。

"布隆迪娜，你看到了吧！当你提到玫瑰花的时候，碧什有多心烦意乱呀！我曾经答应过你，要告诉你一个办法来采到一朵这种漂亮的花：那么现在你走到花园外面，到树林里去，我会陪着你，领你去另一个花园里。在那儿你就可以找到世界上最漂亮的玫瑰花。"

"但是，我如何才能走出这个花园呢？我散步时，米农总会陪着我。"

"你尽可能叫它回去，如果它不愿意回去，那么就算它在，你也要出去。"

"如果玫瑰离得很远，他们会发现我离开了的。"

"最多走一个小时的路。碧什故意把你放在离这种花非常远的地方，为的就是不让你脱离她的约束。"

"那么，她为何要约束我呢？她为什么花这么大力气教育一个小孩子，而不去找些别的乐趣呢？"

"这个问题你以后会得到答案的。等你回到你父亲身边时，你就会知道的答案。坚定一些！午饭之后，你设法摆脱米农，到树林里去，我会在那儿等你。"

布隆迪娜答应了它，为了不被碧什发现，她又把窗户关上了。

午饭之后，按照平常的习惯，布隆迪娜又走到花园里。尽管米农受到直白的拒绝，它还是坚持跟着布隆迪娜。布隆迪娜走在通往花园出口的小路上，叫米农一定不要跟着她。

她说："我想要一个人呆着，米农，你走开吧！"

米农好像不太明白，布隆迪娜有些不耐烦了，她竟然用脚去踢米农小猫……

可怜的米农被布隆迪娜粗鲁地踢了一脚，伤心地叫了一声，就朝着宫殿的方向跑去了。

听到这声惨叫，布隆迪娜也战栗起来，她呆住了，想把米农叫回来，不想去摘玫瑰花了，她想告诉米农这些秘密。可是，一种扭曲的惭愧心理制止了她。她朝着大门走去，用颤抖的手打开了门，走向树林里去了。

鹦鹉正在等着她，它可一点儿也没有迟到。它说："勇敢些！布隆迪娜，还有一个小时，你就能得到玫瑰花了，那时你就可以见到你的父亲了。"

这些话，令布隆迪娜本就开始动摇的决心又坚定了起来。她在小路上走着，鹦鹉从一个树枝飞过另一个树枝，在前面为她引路。她从前在碧什的花园里看到的非常美丽的大树林，现在变得越来越难行走了。荆棘乱石布满了小路，再也听不到小鸟的叫声，花儿也全消失了。布隆迪娜感到一种莫名的不安，但是鹦鹉在前面催促她走快些。

"快点！快些！时间过得非常快，要是碧什发现你不在了，她会追过来的。我会被拧断脖子的，而你就永远也无法见到你的父亲了。"

布隆迪娜已经累得直喘气，手臂被划破了，鞋子也磨坏了，当她刚要说她不想去摘玫瑰花的时候，鹦鹉说："到了，到了！你看那堵围墙里就有玫瑰。"布隆迪娜在小路转弯的处，看见一堵小围墙，鹦鹉为她开了门，围墙里是一片干枯的杂草和堆满乱石的荒地。就在这片地正中，有一支漂亮的玫瑰傲然挺立。那真可谓是世界上最最漂亮的玫瑰花。

"去把它摘下来吧！布隆迪娜，你已经能得到了这朵玫瑰花。"鹦鹉说。

布隆迪娜抓住花茎，尽管枝上的刺已经深深地扎进了她的手指，她还是摘下了那朵玫瑰花。

她刚把花拿到手里，就听到了一阵奸笑，玫瑰花便挣脱了她的手，对她说："真谢谢你，布隆迪娜，是你把我从碧什的魔法中救出来了。我是你的邪恶之神，现在你属于我了！"

鹦鹉也嘎嘎欢快地叫了起来。

"布隆迪娜，谢谢你，现在我可以恢复原形了。我简直不敢相信，我没有费一点事就让你作出了抉择。因为你很虚荣，所以在鹦鹉恭维你的时候，你就开始变坏了，变得忘恩了。是你自己伤害了你的朋友。而你的朋友就是我的敌人。再见了！布隆迪娜。"

在说着这些话的时候，鹦鹉和玫瑰花都已经不见了，把布隆迪娜一个人扔在了这茂密的树林里。

八 后 悔

布隆迪娜愕然省悟了。她在惊恐之余看到了自己的品行：在七年之间，她的朋友曾给她教育和照顾，可是她对忠诚于她的朋友却很忘恩负义。这两个朋友还愿意接纳她吗？还能谅解她吗？如果他们把大门关上了，布隆迪娜要该怎么办呢？鹦鹉说过："你伤害了你的朋友！"这句话究竟意味着什么呢？

布隆迪娜赶快动身往碧什家去。路相当难走，杂草和荆棘割伤了她的胳膊、脸和腿。但她还是坚持地往前走。五个小时后，她终于来到了米农和碧什的宫殿前。啊！怎么一回事儿？过去这里是华丽的宫殿，现在却仅剩下一堆瓦砾。过去是一片花草树木，现在只有杂草丛生。布隆迪娜又害怕又羞愧，真想钻到废墟底下去看看她的朋友怎样了。

这时候，有一只癞蛤蟆从石头底下钻出来，爬到她跟前对她说：

"你在找什么？不正是因为你的忘恩负义，你的朋友们才死了吗？你快滚开吧！不要再因为你回来而污染了他们的记忆。"

"啊！我可怜的朋友们，我即使死也无法补偿我自己导致的这场灾难了。"布隆迪娜一边说一边哭，万分痛苦。她倒在杂草和石头上，尽管尖利的瓦片和带刺的荆棘扎伤了她，她也感觉不到疼痛。她哭啊，哭啊，哭了很久很久，最后，站了起来，看看四周，尽量想找到一个能落脚的地方。可是，除了乱石和杂草，她什么也没发现。

"唉！只要能够挽回这场不幸，我宁可被野兽撕得粉碎，或者宁可因为悲痛而死在这里，死在米农和碧什的坟墓前。"布隆迪娜说。她刚说完这话，就听见一个声音说："后悔是能够赎回罪过的。"

她抬起头，看到一只乌鸦在她的头顶盘旋。

"唉！后悔是相当痛苦的，但是它能让米农和碧什复活吗？"

"勇敢一点儿吧，布隆迪娜，用你的悔恨来弥补你的过错吧！不要因为痛苦变得消沉。"乌鸦接着说。

可怜的布隆迪娜站了起来，离开了这个令她羞愧的地方。她顺着一条小路向前走，这条小路通向大树林。在那里，茂密的大树取代了荆棘和杂草，地上满是青苔。被痛苦和疲劳折磨得精疲力尽的布隆迪娜，倒在了一棵漂亮的大树底下，失声地痛哭了起来。

"布隆迪娜，勇敢地站起来，坚强起来吧！"又有一个声音对她喊。

她看到一只青蛙在她身旁，同情地看着她。

"我的小青蛙，你是在同情我吧，上帝啊！是吧？我应该如何是好呢？在世界上，现在仅我一个人留在这里。"

"你现在需要希望和勇敢。"青蛙说。

听到这句话，布隆迪娜有点振作起来了。她看看四周，想找一些果子吃，因为她又饿又渴。但，她什么也没有发现，于是她又开始哭泣了。

一只小铃铛的响动把她从痛苦中被惊醒。她看到一头漂亮的母牛慢悠悠地向她走来。母牛走到她身旁的时候，就停下来了，并且向布隆迪娜倾下着身子。她发现母牛脖子上挂着一只小盆。布隆迪娜非常感激这个意外的帮助啊！她立刻解下小盆就开始挤牛奶，一连喝下两盆新鲜的牛奶。母牛让她把小盆儿再挂到它的脖子上，布隆迪娜照着做了，并且在母牛的脖子上亲吻了一下。然后，布隆迪娜愁苦地说："谢谢你，白母牛。这想必是我可怜的朋友们给我送来的仁慈的帮助。也许它们在另一个世界见到它们的布隆迪娜早已后悔了。但是，它们愿不愿意帮助我离开这个令人害怕的地方呢？"

"后悔是能够使人原谅你的过错的。"另一个声音说。

"啊！就算为我的过错再哭上几年，我也还无法原谅自己的，永远也无法原谅！"布隆迪娜说。

这时候天要黑了。尽管悲伤，布隆迪娜还是想到，她应该做些什么躲避野兽，因为她感到自己已经听到了野兽的号叫声。

在距离他几步远的地方，有一间用灌木枝搭起来的小屋子。可是树枝杂乱地交杂在一起。她弯腰低头走了进去，发现如果再用几根树枝筑固一下，就会把它变成一间非常好的小屋子。

布隆迪娜赶在天黑之前把小屋子修整好。她找来了许多青苔，当作枕头和褥子，又折了几根树枝插在地里，挡在小屋的门口。她累坏了，做完这些事以后，很快就放睡了。

天大亮的时候，她醒过来了。这时候，她很难令自己的思想集中，也很难关注自己的处境。她只感到一种沉重的悲伤。她又像昨晚那样哭了起来。

过一会儿，她觉得饿了，当她正愁没有东西吃的时候，她又听见了母牛脖子上的铃声。白母牛又来到她身旁，和昨天相同，布隆迪娜解下了牛脖子上的小盆，挤了牛奶，饱饱地喝了一顿。然后又把小盆儿挂回牛脖子上，亲吻了母牛一下，看着它慢慢地离开。布隆迪娜希望母牛中午的时候能再次来。

真的这样，每天早上、中午和晚上，白母牛都会给布隆迪娜送来牛奶这简单的可口的食物。

布隆迪娜一直在为她那些可怜的朋友们哭，一直在痛苦中过日子。她常自言自语地说："因为我的不听话，我造成了一场无法挽回的灾难。这太残忍了。我失去了最亲密和最善良的朋友，而且我也失去了能再见到我爸爸的唯一机会。我的好爸爸也许正在等他的布隆迪娜呢！而我，却将一个人一辈子呆在这个被恶神统治着的恐怖的森林里了。"

布隆迪娜想尽量让自己分分心，不去想这件痛苦的事。她开始打扫自己的小屋子：用树枝和青苔做了一张床，又扎了一把小椅子。她从小屋旁找来了又细又长的野麻和荆棘的细茎，把它们当成线和针，缝好了被树枝刮坏了的鞋子。就这样，她渡过了六个星期。

痛苦时刻伴随着她。可是，我们应该以欣慰的口气说：布隆迪娜并不是因为寂寞和忧愁，而是因为对自己错误的真诚的忏悔，才一直都这样痛苦。

如果能赎回米农和碧什的生命，布隆迪娜心甘情愿在这大树林里度过她的余生。

九　乌　龟

这一天，布隆迪娜像往常一样，坐在她的小屋门口，忧愁地想着她的朋友和父亲。突然，她看到面前来了一只非常大的乌龟。

"布隆迪娜，你好！如果你愿意听我的话，我就能让你走出这片大树林。"老乌龟用沙哑的声音对她说。

"我怎么能离开这个树林呢！正是在这里，我惹了一场大灾难，我宁愿死在这！"

"你能确定你的朋友死了吗？"

"什么？难道……不可能！我亲眼看到他们的宫殿变成了废墟。癞蛤蟆和鹦鹉也都对我说他们已经都不在了。你一定是在好心地想安慰我。可是，唉！我不敢奢望能再见到他们了。如果他们还活着，怎么会把我一个人丢在这儿不理呢？"

"布隆迪娜，你怎么就知道他们是真的不管你了呢？他们不得不屈从于比自己的力量强大得多的一种魔法呀！布隆迪娜，你知道，后悔是可以救赎你的过失的。"

"乌龟夫人啊！假如他们真的还活着，你能不能告诉我关于他们的消息呢！我多么希望你能告诉我，我再也不要因为他们的死而如此自责了。我多么希望你告诉我，有一天我会再见到他们啊！为了能得到这样的幸福，无论什么样的赎罪法我都甘心接受。"

"布隆迪娜，我现在还不能告诉你关于你朋友的命运的消息，因为我不被允许。但是，如果你有勇气爬上我的背来，并且六个月之内不下去，而且在这个漫长的旅游没有结束以前，你一个问题也不能向我提出。这样我就能把你带到一个地方，到了那儿你会知道你想明白的一切。"

"你要我怎样做我就怎样做，乌龟夫人，我向你保证，只要你能让我知道我朋友的情况就可以。"

"布隆迪娜，记住，六个月内不可以从我的背上下来，六个月不可以和我说话。我们动身之后，如果你没有决心到达目的地，你就会永远都无法逃出鹦鹉和玫瑰花的魔法的控制，我也再无法救你了。"

"我们上路吧，乌龟夫人。现在就起程吧！我宁可饿死，寂寞死，也不愿意在树林里忧愁或者因为良心不安而死掉。你的话在我心里点燃了新的希望，我觉得我一定有勇气完成这一次艰难的旅程。"

"布隆迪娜，那么，让我们按着你的想法来做吧！爬到我的背上来吧，不用怕饿，不用怕渴，也不用怕困，不要怕一路上会发生任何事情。只要你决心坚定，你就别有前面说的那些'顾虑'了。"

布隆迪娜爬到了乌龟背上。

"现在开始不可以再说话了。在到达目的地以前，一个字都不要讲，最后我会先开口对你讲话的。"乌龟夫人叮嘱说。

十　旅行和到达目的地

正像乌龟夫人所说的一样，布隆迪娜的旅行一共延续了六个月：走出大森林用了三个月，然后又花费六个星期穿过了一片荒芜的不毛之地。最终，她看到了一座宫殿，这多么像米农和碧什的房子呀！宫殿前面有一条大路，她们又用了一个多月走在这条大街上。布隆迪娜开始着起急来，难道这就是那一座可以告别她的朋友的生命的宫殿吗？尽管她急切地想知道，但是她不敢问。如果从乌龟背上爬了下来，只要大概几分钟，她就能够走完这一段距离了。可是，乌龟一步步地继续走着，好像一点也不急，它非但没有越走越快，反而越走越慢了。走完这条街竟然用十五天时间，对于布隆迪娜来说，这十五天几乎就像十五个世纪那样漫长。她的眼睛一直注视着宫殿大门，那里似乎没有人烟：听不见一点儿声音，也感觉不到一丁点儿动静。经过了这一百八十天的孤寂的旅行，乌龟终于停下来了。它对布隆迪娜说："现在你下来吧！你听话并且有勇气，因此你应该得到我承诺过你的奖赏。你走进前边那个小门，你会遇见一个人，她就是好意的仙女，你问问她，她便会告诉你你的朋友的情况。"

布隆迪娜轻盈地跳到地上。她本来还担心经过这么长时间的旅程，一定连腿都无法伸直了。可是如今，她觉得非常轻松，就像从前在碧什的宫殿里一样，整天地跑来跑去采花、捉蝴蝶也不觉得疲惫。她真诚地谢过了乌龟夫人之后，就匆忙去开那扇小门。

一个穿着白色衣裙的年轻女人站在她的跟前，这女人温柔地问布隆迪娜要找谁。

"我想见好意仙女，请你要我转告她，"布隆迪娜说，"小姐，布隆迪娜公主恳求地希望可以见她。"

"请跟我来吧，公主殿下。"

布隆迪娜跟着她走了，激动得有点颤抖。她走过好几个漂亮的客厅，看见好多年轻的女人，穿的衣服都与给她带路的女人一样。最后她们来到了一个客厅，与碧什、米农在丁香林里的客厅一样。看到这一切，布隆迪娜痛苦万分，她受到了非常大的刺激。她甚至几乎没有发现穿白衣裙的女人何时不见的。她怀着忧伤的心情，打量着客厅里的摆设。这里，只有一件家具是她在丁香林中的宫殿里没有看到过的。那是一个用象牙和金子精雕细刻而成的大柜子。柜门是关着的。布隆迪娜感觉自己被这个大柜子吸引了，而且产生了一种难以言语的感情。当她目不转睛地看着柜子时，房门开了，一位衣着漂亮的夫人走了进来。她来到布隆迪娜身旁，语气温柔和关爱说："我来了，你要我做什么，我的孩子呀？"

"啊！夫人，"布隆迪娜一面说一面跪到她身旁，"我听说，你能够告诉我最好的朋友——米农和碧什的消息，你一定知道的吧，夫人。由于我犯了不听话的错误，我失去了他们。我哭了很久，我以为他们大概死了，可是乌龟把我来到这里，给了我一点希望，说也许有一天，我能再见到他们的。请你告诉我，夫人，他们是不是还活着呢？我怎么做才可以再见到他们呢？"

好意仙女忧虑地说："你会知道他们的现状的。布隆迪娜，但是我希望你无论看到什么，都不要失掉希望和勇气。"

听到这些话，布隆迪娜有点胆怯了。仙女领她来到那个大柜子前。

"这就是柜子的钥匙，你自己打开吧！但是一定要勇敢些。"仙女说着，把一把金钥匙交给了布隆迪娜。

布隆迪娜颤抖地打开了柜子，当她看见鹿妈妈和米农小猫的皮毛被金刚石钉子钉在柜子里时，布隆迪娜大喊一声，晕倒在好意仙女的怀中。这时房门打开了，一个和春天一般可爱的王子向布隆迪娜跑来。

"天呀！我的妈妈，你对布隆迪娜的考验太严了。"小王子说。

"我的儿子，唉！因为她，我的心都快要碎了。可是你明白，为了永远摆脱丁香林恶魔的束缚，这最后一次的惩罚是无法避免的呀！"说着，好意仙女拿着一根小木棍点了点布隆迪娜，她很快就苏醒过来了。她悔恨难当，一边哭一边说："让我去死吧！如今，生活对于我还有什么值得留恋的呢！我再也没有幸福和希望了。我亲爱的朋友们，如今我就去找你们。"

"亲爱的布隆迪娜，"仙女紧紧地把她抱在怀里说，"你的朋友们还活着，他们都爱着你。我就是碧什，他就是我儿子米农。丁香林的恶魔利用我儿子的粗心大意，把我们变成鹿和猫，就是你认识我们的时候那样子。丁香林里的玫瑰是你的恶神，这个秘密只有我一个人知道。只有在你摘下这枝玫瑰，并且只有在我把它制服了的时候，我们才能变回原来的样子。我尽量把它种在在离我们宫殿最远的地方，不希望让你看见它。我当然明白如果你摘了花，把你的恶神放走之后，你会碰到何种危险。上天可以作证，为了不令你遭受折磨和痛苦，我和我儿子甘愿永远以为鹿和猫身份生活一辈子。可是，尽管米农和我照看着你，鹦鹉还是最终找到了你，发现了你，至于其他的事情我不用说你也知道了。只有一点，你可能还不清楚，那就是当你难过地哭泣和孤独地生活时，我们两个人也非常痛苦。"

布隆迪娜不停地亲吻仙女，一再向她和米农道谢。接着，她向他们提出了许多问题："那些服侍过我们的羚羊，它们现在怎么样了？"

"你刚才已经见到她们了，亲爱的孩子。她们就是指引你到这里来的年轻女人。她们同我们一样，也是受到魔力的控制才会变成了羊的样子。"

"那么，那每天给我送牛奶的白母牛呢？"

"那是我们在仙女王后那里得到的一头母牛，是米农和我派它去帮助你的。还有那只鼓舞你的乌鸦，也是我们派它去的。"

"那只乌龟也是你们派来的吗，夫人？"

"布隆迪娜，是的，你所经受的痛苦打动了仙女王后，于是她解除了森林里的恶神在你身上施的魔法。但是有一个条件，就是你得经受最后一次考验——进行一次漫长而又枯燥的旅行。并且还对你做最后的惩罚——让你相信，我和我儿子都被你害死了。我曾经向仙女请求，请她不要让你受这最后的惩罚，可是，她坚持不肯。"

布隆迪娜听她的朋友讲述这一切，她满怀感激地注视着他们，然后热烈地拥抱他们。最终，布隆迪娜想起了自己的父亲。王子似乎猜到了她的想法，而且告诉了仙女。

"亲爱的孩子，准备一下吧，我们现在就去见你的父亲。我已经告诉了他，此时他正在等候你呢！"

这时，布隆迪娜已经坐进一辆用金子和珍珠做成的小车里，仙女坐在她的旁边。王子坐在了布隆迪娜身旁，温柔而幸福地凝望她。四只耀眼的白天鹅驾着这辆小车。天鹅飞得很快，只用了仅仅五分钟，他们就来到了贝楠国王的宫殿。全宫廷的人都已经在国王身边集合，等待着欢迎布隆迪娜。小车一出现，宫殿里就立刻响起了一片震耳欲聋的欢迎，声音大极了，天鹅们被吓得不知所措，连路也走错了。驾车的王子提醒她们小心，告诉她们已经到达了。这时，小车停在了高大的台阶前。贝楠国王急匆匆地向布隆迪娜走过来，布隆迪娜也跳下车，飞快地向国王跑过去，投入了父亲的宽广的怀抱。此时，所有的人都流下了眼泪，这是幸福的泪水。

等到国王平静了一点，他便走上前去，温柔地吻了仙女的手，正是这位仙女，保护和教育了布隆迪娜。如今，她又把她还给了国王。国王又拥抱了小王子，他认为这个王子很可爱。

因为布隆迪娜重新回到宫里，人们庆祝了整整八天。第八天的时候，仙女要回去。王子和布隆迪娜非常不愿意分开！国王同仙女商量以后，决定永远让他们不再分开。国王娶了仙女做妻子，布隆迪娜也和王子结了婚。王子就像丁香林里的米农小猫一样，永远跟随在布隆迪娜身边。

妹妹布耐特也改掉了自己的毛病，她经常来看布隆迪娜。布耐特变好了很多，她的丈夫卫朗王子也对她起来温柔了，他们生活得非常幸福。

布隆迪娜呢？她再也没有了忧愁。她还有了孩子，女儿长得很像她一样，儿子就长得非常像王子。所有的人都喜爱他们。他们周围的人也非常的幸福。

小亨利

一 可怜的妈妈病了

从前有一个很可怜的寡妇，她和她的小儿子亨利生活在一起，妈妈非常喜欢小亨利，因为不会有孩子会比他更可爱了。为了生计，妈妈每天都得做一些针线活，然后拿去卖。尽管小亨利只有七岁，但是在妈妈做针钱活的时候，他就担负了一切家务：擦地板、扫地、做饭，在园子里翻地、种花、种菜。做完这些事之后，他就为自己补衣服，帮妈妈修鞋，或者钉桌子、钉板凳，凡是他自己能做的事情，他都努力去做。他们住的是自己家的房子，这幢房子孤零零地座在离别人家很远的地方。窗户对面是一座大山，那座山高极了，几乎没有人爬上过山顶。何况这座山的四周有急流，有高高的周围，还有根本无法通过的悬崖峭壁。

他们母子两人的生活不错，很愉快，很幸福。可是，突然有一天，妈妈生病了。她不认识医生还没有钱请医生看病。可怜的小亨利又有什么办法呢？只有在妈妈口渴的时候，给妈妈水喝，因为他再没有其它的东西能够给妈妈了。他日日夜夜的守护在妈妈身旁。饿的时候，就蹲在妈妈的床边啃一块干巴巴的面包。妈妈睡着的时候，他就望着妈妈淌眼泪。但是，妈妈的病一天比一天严重，最后，妈妈就快死了，她不能说话，什么东西也咽不去，甚至连儿子也不认识。小亨利跪在床边抽泣，绝望的时候，他大声地祈祷："仁慈仙女，请帮帮我吧，救救我可怜的妈妈吧！"

话音刚落，窗户就被打开了，一个衣着华丽的女人飘了进来，她温柔的问道："是你叫我吗，我的小朋友？你找我来干什么？"

小亨利跪在仙女脚前，拉着她的手说："夫人，如果你是仁慈仙女，那就请你救救我的妈妈吧！她快要死了，她要把我一个人孤零零的扔在这个世界上了。"

仙女被感动了，她看看了亨利，一句话也没有说。走近妈妈身边，弯下腰仔细地看着，向妈妈脸上吹了一口气，接着说："我的孩子，我无法治好她的病。假如你有勇气按照我说的出一次门，就有可能治好你妈妈的病。"

"告诉我吧，夫人。只要能救妈妈，没有我不能做的。"

仙女说："你必须去高山上去寻找生命草，它就长在从这个窗户外的那座大山上。等你拿到生命草以后，将生命草的汁液挤出来给你妈妈喝，她马上就会活过来的。"

"我这就出发，夫人。但是我不在家的时候，谁来照顾我的妈妈呢？"小亨利哭得更伤心了。"也许我还没有回来，她就已经去逝的。"

"放心吧，孩子。如果你去找生命草，直到你回来之前，你妈妈什么都不需要，她会一直保持现在的状态的。但是，你将会遇到很多危险，在找到这棵生命草以前，你将要受到很多磨难。你需要很大的勇敢和信心才能找到它。"

"夫人，我不怕。我有信心和勇气。只要你告诉我如何才能从漫山遍野的植物中认别出生命草来。"

"你爬到山顶以后，高声呼唤管理植物的博士，你就说是我让你来的，他就会给你找出一棵这种草了。"

小亨利谢过仙女，吻了她的手，又吻了吻妈妈，然后带着一块面包，向仙女郑重地告别后就动身了。

仙女微笑地注视着他。这个才七岁的小孩子独自一个人去爬那座危险的大山，而以前所有去爬这座山的人都遇难了。

二　乌鸦、公鸡和青蛙

　　小亨利坚定不移地向山上走去。这座山比他想像中的要远得多。他本想走一个半小时就能到达山脚下，可是他已经走了一天了还没到。

　　走了差不多三分之一的路程时，他看到一只乌鸦，它的两个爪子被绑着，掉进一个坏孩子布下的陷阱里。乌鸦挣扎着，想逃出这个令它绝望的陷阱，但是却白费力气。小亨利过去，把捆在乌鸦爪子上的线弄断了，乌鸦被救了下来。

　　"谢谢你，善良的小亨利，我一定会报答你的。"说完这话，乌鸦扑腾着翅膀飞走了。

　　小亨利听见乌鸦竟然会说话，感到非常惊讶。他还是接着赶他的路。

　　走了一段时间之后，他在一个藏密的荆棘丛旁边坐下休息，开始吃他的面包。就在这时，他看到一只狐狸正在追捕一只公鸡，公鸡拼命地逃跑，眼看狐狸就要抓住它了。正当公鸡从亨利身边经过的时候，亨利一下抓住了它，迅速地把它藏在自己的衣服下。狡猾的狐狸竟然没发现，继续往前跑，还以为公鸡早跑过去了。小亨利一直坐着不动，等到狐狸跑得看不到影儿了，他才放出公鸡，公鸡用虚弱的声音说："谢谢你，善良的小亨利，我一定会报答你的。"

　　亨利坐着休息了一会儿，站起来继续向前走。他又走了很长一段路之后，他看见一条蛇正准备要吞下一只青蛙。此时青蛙吓得一动也不能动，直在那儿发抖。蛇张大嘴巴向青蛙爬过来。亨利捡起一块大石头，就向蛇扔过去了，正巧，石头一下子扔进了蛇的嘴里，把蛇嘴堵住了。再看青蛙已跳到远处去了。青蛙向亨利说道："谢谢你，善良的小亨利，我一定会报答你的。"

　　亨利因为听见过乌鸦和公鸡说话，现在又听见青蛙说话便不觉得惊讶了，还是继续赶他的路。

　　过了一会儿，他终于来到了山脚下。他看到一条又深又宽的大河沿着山旁流过，这条河宽得简直看不到对岸。

　　为难的亨利停了下来。自言自语道："也许我能找到一座桥、一条船，或一个水较浅的地方到对岸去。"他沿着河岸走，发现这条河是绕着山流的，他绕着山转了一圈，发现河水都是一样宽，一样深，既没有桥，又没有船，无助的小亨利坐在河岸边哭起来。

　　"仁慈仙女啊，仁慈仙女，你快来救救我吧！"小亨利喊："要是我到不了山顶，就算我知道那里有可以救我妈妈的性命的草，那又有何用处呢？"

　　这句话刚说完，一只大公鸡便出现在面前，正是他从狐狸手下救的那只公鸡。

　　"仁慈仙女此时也为你做不了什么，因为这座山处于她的控制范围之外。但是，你救过我的性命，为了报答你，请你坐到我背上来吧。亨利，你只要相信我，我可以把你带到对岸去。"

　　亨利毫不犹豫地坐到公鸡背上，公鸡极聪明地把他驮在背上，他觉得好像骑在马背上一样平稳。他牢牢地抓住公鸡的鸡冠不放。他们开始过河了，河非常宽，他们不停地走了二十一天才到达对岸。在这段时间里，亨利竟然既不觉得渴和饿，也不觉得疲倦。

　　他们到达对岸以后，亨利有礼貌地感谢了公鸡。公鸡亲切地立起羽毛，然后就消失不见了。

　　过一会儿，亨利转过头来一看，那条大河也不见了。

　　"这必定是山神要想阻拦我前进。"亨利说："但是有仁慈仙女帮忙，我不是很快就会到达目的地了吗？"

三　收　割

　　他又开始走啊，走啊，走了很久，但是他都白费力气了，过了河以后，他既没有离山脚多远，也没有离山顶近一些。

　　要是别的小孩可能早就回去了，可是坚强的小亨利没有灰心。他非常累，已经走了二十一天，却没有前进一点儿。这时，他仍然像出发的第一天一样，坚持目标。

"就算走上一百年，我也一定要爬到山顶。"

这句话他刚说完，不远处就出现了一个老爷爷。他用俏皮的目光注视着小亨利。

"可爱的小孩，你是想到这座山的山顶上去吗？你要去那儿干什么呀？"

"我去找生命草，爷爷。为了救回我快要死去的妈妈。"

老爷爷点点头，他的下巴拄在手中金色手杖的圆头上，又把亨利从上到下打量了一遍。

"你这温和可爱的样子让我很喜欢。孩子，我就是山神之一，只要你答应我一个条件我就放你过去：你要帮我把麦子全收割后，打完场，磨成面，做成面包，然后你再喊我。你需要的所有工具，都能够从旁边那道沟里找到。麦地也就在你的前面，漫山遍野都是。"

老爷爷忽然不见了。亨利惊讶地估量了一下出现在他眼前的一望无际的麦田。但是，他立刻就平息了这种失望的情绪，脱下了上衣，到沟里拿出一把镰刀，信心满满地割起麦子来了。他割了整整一百九十五个白天和黑夜。

终于麦子被割完了，亨利开始打场。打完场之后，在麦地边上出现了一盘磨。于是亨利又开始磨面。他磨了整整九十天。磨完面他就开始和面烤面包，这样整整又忙碌了一百二十天。他把烤好的面包一个个排列到面包架上，就如图书馆里的书本一样整齐。

这一切都做好了以后，亨利非常开心，他招呼山神，山神马上就出现了。他数了数面包的个数，一共有四十六万八千三百二十九个。老爷爷把第一个面包咬了一口，又把最后一个面包咬了一口。然后走到亨利跟前，在他的脸蛋儿上轻拍了一下，对他说："你真是个好孩子。对于你的劳动，我将给予你应得的报酬。"

他从口袋里拿出一个木制的小烟盒，交给了亨利，并对他说："当你回到家之后，再打开烟盒，你就会得到你从来没有见过的烟。"

尽管亨利从来都没有抽过烟，老爷爷的礼物对于他似乎没有什么用处。但他还是客气地表示了感谢。老爷爷微微一笑，接着就消失了。

四　摘葡萄

亨利继续向前走。他非常高兴地看到自己每走一步都更加接近山顶了。三个小时的时间，他走了大约三分之二的路程，这时突然有一堵他从没见过高的墙挡住了他的去路，他不得不停下来。然后他沿着墙走了三天，才发现这墙是围着山修起来的，而且，没有一个门或一处缺口能让人通过。

亨利坐到地上想，到底该怎么办呢？最后他只能坐在那儿等着。一直到第四十五天时，亨利说："就算等一百年，我也绝不离开这个地方。"

这句话刚说完，只听见一声巨响，他面前的墙居然倒塌了，从墙的缺口处，走来一个巨人，手里还挥着一根大木棍。

"小孩，你很想过去，对吗？你要到墙那边去找什么呢？"

"巨人先生，我要去找生命草，为了救我的妈妈。如果这堵墙在你的管辖权力之内，就请你放我过去吧，无论你想让我做什么，我都愿意为你做。"

"真的么？那么，你听着：我是山神之一，你的样子令我喜欢，如果你能把我的酒窖装满酒，我就会放你过去。这是我全部的葡萄园，你先把葡萄摘下来，榨成汁，然后放到桶里，再把这些木桶放进酒窖里。至于你需要的一切工具，你都可以在墙角下找到。等你做好了这一切，你就喊我。"

巨人走了之后，墙便又合上了。

亨利看看周围，全是巨人一望无际的葡萄园。

"我已经收割完了老爷爷所有的麦子，我就一定能摘完巨人所有的葡萄。"亨利说，"用葡萄酿酒比把麦子做成面包要容易得多，而且用的时间也应该会短一些。"

亨利脱下上衣，又从地上找到一把小刀，开始干活了。他把葡萄一串串割下来，放进酿酒桶里。这样忙了三十天。然后他又把葡萄榨成汁，把葡萄汁倒进木桶里，然后就把一个个木桶运进酒窖里。酿酒花费了他九十天的时间。当酒酿好了，酒桶有顺序地排在那，装满了整个酒窖，接着亨利便呼喊巨人，巨人马上出现了。他检查了一遍所有酒桶，尝了第一桶和最后一桶里的酒，然后转过身对他说："你是一个坚强的孩子。你的辛苦会有回报的，不要以为你为山上的巨人白白地劳动了。"

从口袋里巨人拿出了一根带刺的小树枝，送给了亨利，并对他说："回到家之后，每当你需要什么东西时，你就碰一下这根树枝。"

虽然亨利觉得这件礼物并不是非常珍贵，但他还是客气地微笑着收下了。

这时巨人吹了一声口哨，声音大得使山都震动了。顿时，巨人和墙都不见了，亨利便又可以继续赶他的路。

五　打　猎

再有近半小时的路程，他就能到达山顶了。然而此时，他看到前面横着一条深谷。他不得已停了下来向前看，啊！这断崖深谷非常宽，根本就别想跳过去。

亨利并没灰心，他绕着这条深谷走了整整一圈，结果又回到了原点。其实这条深谷又是围绕整个山顶的。

亨利想："该怎么办呢？我刚经历了一个考验，现在却又来了一个。我如何才能跨过这条深谷呢？"

这时可怜的孩子第一次感到眼里充满泪水，他得想个办法过去才是，但是没有任何办法。他坐在深谷边上开始发愁。突然他听到了一声可怕的吼叫，他转身一看，正好看见一只大狼正站在离他约十步远的地方，那双闪闪发亮的眼睛正紧紧盯着他呢！

"你到我这里来要干什么呀？"狼大声问道。

"亲爱的狼先生，我是来找生命草的，我要给快死去的妈妈治病，只要你能让我跨越这条深谷，我愿意做你忠实的仆人，你让我干什么都可以的。"

"那好吧！如果你能把森林里的全部猎物——飞禽走兽——都捉住，再把它们烤熟，做成美味的肉饼。你就相信我吧，本山神一定会让你过去的，在这棵大树下，你能找到打猎工具和烧烤用具。你把这些都做好之后，你再喊我来。"

说完，狼就消失不见了。

亨利鼓起了勇气，他在大树下找到了一氢弓和一些箭，当他看到山鸡、山鹬、松鸡等飞过来的时候，就急忙的射出箭去，可是由于他不会拉弓射箭，结果可想而知，他什么也没有捕到。八天过去了，他徒劳拉弓射箭八天。他开始犯愁了，这时，在他刚刚出发时救的那只乌鸦飞来了。

乌鸦呱呱地说："你救过我的命，我说过的，我一定会报答你的，现在我要兑现我的诺言了，如果你完不成狼交给你的任务，它就会把你吃掉。跟我来吧，我打猎，你只要捡起来把它们煮熟就好了。"

说完，乌鸦飞利用用它那尖喙和利爪，捕捉森林里各种各样的动物，这样过了一百五十多天，乌鸦一共捉住了一百八十六万零七百二十六只猎物，有山鸡、狍子、欧石南鸡、松鸡、鹌鹑等等。

乌鸦在前边捕捉猎物，亨利在后面拔毛、剥皮、清洗、切碎，有的要煮熟，有的要做成肉饼，有的要烤熟。都做好之后，亨利就又把它们干干净净地排在树林里。乌鸦说："再见了！亨利，你前面只剩下一个障碍了，可是我帮不了你了。不要丧气，你的孝心会得到仙女保佑的。"

在亨利还没有来得及感谢乌鸦时，它就已经消失得无影无踪了。亨利叫来了狼，对它说："狼先生，这就是在你森林里全部的猎物了，已经按照你的命令，我都煮好了，请你让我通过这条深谷吧！"

狼把猎物检查了一遍，它尝了烤狍子和肉饼，舔了舔嘴巴说："你是一个勇敢的孩子，我打算给你报酬，不要说你白白地帮助山上的狼干了活儿。"

说完，狼在森林里捡起了一根小木棍，交给了亨利，对他说：

"你拿到生命草之后，想去哪里，你就骑到这根棍子上。"

亨利很想把棍子扔回到树林里去，可是他想，这样太不礼貌了。于是他接下了棍子，并且谢过了狼的好意。

"现在骑到我的背上来吧，亨利。"狼说道。

亨利跳到了狼背上，狼神奇地一跳，就到达了深谷的对面。亨利从狼的背上跳下来，向狼道了谢，就又上路了。

六　捕　鱼

后来，亨利看到了在山顶的花园里的栅栏，生命草被围在栅栏的中间，他开心得心都要跳出来了。他边往前走，边注视着生命草。他用尽所有力气，尽快往前走。忽然，他跌入了一个大坑里，他努力向后一跳，再看向旁边，发现了一条水沟，里面全是水，沟又长又宽，向乎看不到尽头。

"这必定是乌鸦告诉我的最后一道障碍了。"亨利说："既然我在仁慈仙女的帮助下通过了其他的障碍，那么她一定也会帮我克服这次困难的。正是她为我派来了公鸡和乌鸦，还有老爷爷、巨人和狼先生。现在，我就只能等她来帮助我通过这最后一关吧。"

亨利一边说，一边沿着沟向前走，他想找到这道沟的尽头在哪里。走啊走啊，就这样走了两天，他才发现自己竟然又回到了出发的地方。

亨利没有悲伤，也没有泄气，他坐在沟的边上说："在仙女帮我之前，我就在这儿一动不动地等待着吧。"

这句话他刚说完，就看见面前站着一只非常大的猫，他喵喵叫的声音特别大，那么令人害怕。大猫说："你在这儿干什么呢？我用爪子就可以把你撕成碎片了。你难道不害怕吗？"

"这当然是真的，猫先生，对此我一点都不怀疑。可是如果你知道，我是为救我的母亲才来寻找生命草的，你就不会把我撕成碎片了。如果你答应帮我过这条沟，那你想让我做什么都可以。"

"真的吗？那你听好了：你的样子令我非常喜欢，如果你能把这条沟里全部的鱼都捞上来，煮熟了或腌成咸鱼，我就帮你过这条沟。相信我！至于捕鱼所需要的一切工具，你都能在沙滩上找到。当你把这一切都做好了，再招呼我来。"

亨利向前走了几步，就看见地上有钓鱼竿、鱼网和鱼钩。他在中间拿起一个鱼网，想着鱼网一下子就能捞到很多鱼，比用鱼竿钓鱼更快些。亨利把网撒出去了，然后小心翼翼地收网，但是，他什么都没有捞到。他真的非常失望。他想，可能是这一次我没有撒好吧。于是他又撒了一次，然后又一次慢慢地收起了网，然而这一次又是空的。亨利很耐心的，一直捞了十天，仍然一条鱼都没有捕到。他不得已放下网用鱼竿开始钓鱼了。

他等啊，等啊，一小时、两小时过去了，却一条鱼也没上钩。他一次次不停地换地方，几乎沿着沟换了一圈地方，也没钓上一条鱼来。在这种情况下他一连钓了十五天。该怎么办呢？亨利想仁慈仙女为什么会在这最后一件事情上抛弃了他呢？于是他坐在那儿，看着又长又宽的水沟发起愁来。忽然，他发现水里冒泡，接下来，水里出来了一只青蛙。

"亨利，"青蛙说："你曾经救过我的命，现在是我来报答你的时候了。如果你不执行猫的命令，它会把你当做午饭吃掉的。你永远都捕不到鱼，因为这条沟非常深，鱼都游到沟底去了。这件事让我来做吧，你只管把火点起来，准备好煮鱼，再准备好腌咸鱼的桶就好了，我替你捉鱼去。"

说完，青蛙就钻入水里去了。之后亨利看见水在动，还不停冒泡，好像正在水里进行一场激烈的战斗。一分钟之后，青蛙又出现了，它跳上岸边，把一条又好又大的鲑鱼带了上来，这是刚刚抓住的。亨利刚拿起这条鲑鱼时，青蛙又送上来另一条鲤鱼。就这样过了六十天，亨利把大鱼都煮好了，把小鱼都放进桶里腌好了。两个多月后，青蛙又跳上了岸，对亨利说："沟里现在一条鱼都没有了。你可以喊山上的大猫来了。"

亨利向青蛙真诚地表达了感谢，青蛙伸出湿漉漉的爪子同亨利表示友谊。亨利与青蛙握过手后，青蛙就不见了。

小亨利用了整整十五天的时间把所有煮的鱼还有咸鱼桶都整理好，就喊山猫，立刻猫就出来了。

亨利说："亲爱的猫先生，这就是我为你腌好的咸鱼和煮好的鱼。现在请履行你的诺言吧，让我跨过这条沟吧！"

猫把所有的鱼和桶都查看了一遍，煮鱼和咸鱼各尝了一条，又舔舔嘴巴，笑着说："你是一个坚定的孩子，对你的耐心，我要给你奖励的，以后千万不要说山上的猫没给你报酬。"

这句话说完，猫拔下了一只爪子，递给了亨利，并对他说："当你生病的时候，或者你感觉自己开始老了的时候，你就可以用这只爪子抓抓前额，那样，无论是病啊，痛啊，老啊，都会消失。这个方法，对你自己，对你所喜欢的人都会有效的。"

亨利真诚地感谢了猫先生。接过了爪子，他想马上试一试，因为他现在觉得非常难受和疲乏，他就用猫爪碰自己的前额，一碰就立刻感到相当轻松，非常舒服，就像早上刚刚起床时一样。

猫笑了，它又对亨利说："你现在坐到我的尾巴上吧。"

亨利照着做了，他刚一坐到猫尾巴上，尾巴就开始变长，马上亨利就到达了沟的对岸。

七　生命草

亨利怀着感恩向猫致了谢，就向长生命草的花园跑去。离花园还有一百步远时，他真怕再有什么新的障碍出现，耽误他的时间。可是，他已经到了花园的栅栏边了也没有新的困难。他很快就找到了门，因为花园很小。可是这花园里有很多种植物，他全不认识，怎么能找出哪一株是生命草呢？

幸亏他想起了仁慈仙女的话，就叫管理这个花园的博士。他才刚刚大喊了一声，就听见旁边的草丛里有响动，接着他看见了一个笤帚大小的人走了出来。这个小人拿着一本书，鹰钩鼻子上架一副眼镜，身上穿着一件博士黑袍。

"小朋友，你到这里来要找什么呀？"博士挺直身子亲切地问亨利道："你是怎么到这里来的呢？"

"博士先生，我从仁慈仙女那里来，是来向您求生命草，为我快病死的妈妈治病的。"

博士掀了掀他的帽子说："我非常欢迎你的到来。来吧，小朋友，我这就给你你想找的生命草。"

他走入植物园深处，亨利差点跟不上他了，因为他已经完全淹没在了植物的海洋里。最后，他们来到了一棵孤独的植物旁边，小人博士从他的口袋里掏出一把剪枝权用的小剪刀，熟练地剪下一个枝条，递给亨利，他说："这就是你要的生命草，你现在就按照仙女告诉你的方法做吧，但是记住你一定要拿住了，不要让它从手里滑落。否则，不管你把它放到哪儿，它都会努力逃走的，那你就再也别想找到它了。"

亨利正要感谢他，小人却已经消失在茫茫的草海之中了，只留下了亨利一个人傻傻地站在那里。

"现在，怎么做才能快一点儿回到家呢？还有如果回去的路上我还会遇到像上山时的那些困难，我就必定会丢掉这根草的。只有这株草，才可以救我可怜妈妈的性命啊！"

此时他想起狼送给他的那根棍子。

"看看它是不是真的能把我送回家去。"亨利一边说，一边骑上棍子，心里默念着，我要回家。他就立刻飞上了天空，如同闪电一般，瞬间，他就已经站在他妈妈的床边了。

他扑到妈妈身上，他亲吻她，可是她却感觉不到他的归来。亨利一分钟也不敢耽误，他用力地挤这根草，草汁流进妈妈的嘴里，妈妈顿时便睁开了眼睛，两只手臂用力地抱住亨利的脖子，对他说："孩子，我亲爱的亨利，我之前病得特别厉害，现在我已经觉得好多了，有点饿了。"

然后，妈妈惊讶地望着亨利说道："你怎么长这么大了，孩子。这是怎么回事呀？几天的时间，你怎么就长得这样高了？"

亨利确实长高了，因为他已经离开了两年七个月零六天。这时亨利已经快要十岁了。还没等他回答妈妈的问题，窗户打开了，仁慈仙女进来了。她先拥抱了亨利，然后又走到妈妈的床边，她给妈妈讲了亨利为了救她所做的一切事情：包括他遇到了很多危险，受了很多磨难，亨利是多么耐心、勇敢和善良。听到仙女的称赞，亨利害羞的脸都红了。妈妈把亨利拉进自己的怀里，感动的不断地亲吻着他。仙女又说："亨利，你现在把巨人和老爷爷给你的礼物拿出来吧，依照他们的叮嘱试试吧！"

亨利拿出烟盒，一打开，从里边立刻钻出了一大群小小的工人，他们都和蜜蜂一样小，装满了整整一间房子。他们轻巧而迅速地开始劳动了，只用了一刻钟时间，就造好了一座非常漂亮的房子。房子坐落在一个大花园正中，周围有草地和树林。而且房子里也布置好了。

"这一切都属于你了，善良的小亨利。"仙女说："巨人给你的那根树枝能给你带来你缺少的所有东西。而狼的棍子能把你带到你要去的任何地方。猫的爪子会让你和妈妈永远健康，年轻。再见吧，小亨利！你们幸福地生活下去吧！不要忘记，孝顺的情操和美好的品德会得到应有的奖赏。"

亨利跑到仙女面前，仙女把手伸给了他，他吻了仙女的手，仙女微笑着消失了。

亨利的妈妈很想起床去欣赏一下花园、新房子、树林和草地。但是，她还没有衣服，在她生病期间，为了使亨利不会饿肚子，她让亨利把一切能卖的东西都卖了。

"我的孩子，唉！我现在没办法起来，因为我没有衬裙，也没有衣服，更没有鞋。"妈妈伤心地说。

"你会得到这些东西的。"亨利说。

亨利从口袋里拿出那根树枝，碰了碰，说到我要妈妈和我穿的衣服、鞋子，还要房子里的床单、桌布……

顿时，柜子里就装满了这些东西，妈妈拥有了美利奴羊毛料子的衣服，亨利也有了一套麻料蓝色的西装，还有他和妈妈一人有了一双好皮鞋。两个人高兴地欢呼。妈妈从床上起来，她同亨利一起参观了新房子。啊！家里什么都不缺，还摆满了简朴而舒适的家具。厨房里有各种锅和炉子，可是里边什么都没有。亨利又碰了下那根树枝，他想要一顿好的晚餐。桌子上马上摆满了热气腾腾的晚餐。有烤羊腿，有烤鸡，有汤，还有沙拉。他们俩个人坐在桌子边，吃了起来。他们胃口很棒，因为已经快三年没吃饭了。

汤很快就喝完了，然后吃完烤羊腿，再吃沙拉和鸡。吃饱之后，亨利还勤劳地帮妈妈洗餐具，打扫厨房，收拾桌子。然后他们又从柜子里拿出了床单，铺在床上。感谢了上帝和仁慈仙女之后，两个人就睡觉了。

妈妈非常感谢她的儿子亨利。此时他们生活得很幸福。因为有了那根树枝，他们什么都不缺；又因为有猫爪子，他们会永远健康，永远年轻。可他们从来没有想过用那根棍子，因为在家里非常幸福，他们并不想到别的地方去。

亨利要了两头母牛、两匹上好马和一些日常生活必需品。他从来不会要多余的东西，就连衣服和食物都不多要。就这样，他把那根树枝保存了一生。

没有人知道亨利和妈妈到底活了多长时间。也许仙女让他们长生不老，并且把他们带到了仙女宫殿里去了吧。

小灰老鼠

一　一间小屋子

从前有一个男人，他的名字叫毕当。他的妻子在生下一个女儿之后，没有几天便死了。这个女孩儿的名字叫罗莎丽。毕当只能和女儿罗莎丽一起两个人过日子。

罗莎丽的父亲非常有钱。他有一所特别大的房子，房子周围是一座大花园。罗莎丽经常在这个大花园里轻松自在地散步。

爸爸很爱他的女儿，对她也非常好。然而他有一个坏习惯，就是让女儿必须绝对地听他的话，一句都不许反驳。他不允许女儿提没用的问题。有的事情，如果他不愿意回答，孩子也不可以再问第二遍。总的来说，孩子们好奇心都很强，但是在毕当的照料和管理之下，罗莎丽一点儿好奇心都没有。

她家花园的周围，有一堵又大又高的墙。罗莎丽从来都没有走出去过。除了她爸爸以外，罗莎丽什么人都没有见过，家里一个仆人也没有。所有的事情都是毕当自己来做的。罗莎丽什么都不缺，无论是书籍、衣服，还是针线和玩具，她想要什么就有什么。爸爸还亲自教她读书写字。虽然罗莎丽快十五岁了，却从来没为任何事情烦恼过。她从来也没有想过还会有别样的生活，更加不知道自己周围还存在着另一个世界。

在花园深处，有一间小屋子。小屋没有窗户，只有一扇总是关着的门。罗莎丽发现父亲每天都要进入这间小屋，然后就会把门锁上，而且钥匙总是带在他自己身上。罗莎丽总以为那间小屋子里放的是整理花园工具，所以她从来都没有对爸爸问起过这间小屋。然而有一天，她想找一个喷壶来浇花，就对爸爸说：

"爸爸，你能把花园里那间小屋的钥匙给我用一下吗？"

"你想要做什么？罗莎丽。"

"我要找一下喷壶，我以为可以在小屋子里找到的。"

"不，罗莎丽，那间屋子里并没有什么喷壶。"爸爸在说这话时，声音都变的颤抖了。罗莎丽惊讶地看着他的父亲，她发现他的脸色变得非常苍白，前额上也渗出了不少汗珠。

"你怎么了，爸爸？"罗莎丽担心地问。

"没什么，我的孩子，我没什么。"

"爸爸，是我问你要钥匙这件事让你不安了吗？小屋子里到底有些什么东西让你这么害怕呢？"

"罗莎丽，你知不知道你到底在说些什么。快去花房里找喷壶吧！"

"爸爸不能告诉我那间小屋里到底有些什么东西吗？"

"那里没有你会感兴趣的东西，罗莎丽。"

"那为什么每天你都会进去，可是却不让我陪着你进去呢？"

"罗莎丽，我不喜欢你老是提问题。你不知道吗？好奇，是一个坏毛病！"

罗莎丽也不说话了。以前她从来都没有注意过这间小屋子有什么特殊，可是现在这件事总在她脑子里出现。她自言自语地说："那里到底有什么呢？为什么当我说要进去时，爸爸的脸色都白了呢？他害怕我进去了会有危险吗？可是他自己为什么每天都会进去呢？也许那里边关着一个吓人的动物，他每天都进去喂它。要是里面关着一个动物，那肯定我会听到它在里面活动或者在里边叫，可是怎么一点儿动静都没有呢？不，应该不是一个动物，否则，爸爸进去了，就一定会被它咬伤的……也许它是被拴在屋子里的；如果拴着的话，那么我进去就不会有什么危险了呀。难道里边关的是一个犯人？不，爸爸是非常善良的人，他不会剥夺任何人的自由……我要努力想办法揭露这个秘密……该怎么办好呢？如果我能把钥匙弄到手就好了，哪怕只有半个小时的时间也行。有一天也许他可能忘记把钥匙带在身上……"

突然，她听见了爸爸在喊她，这声音打断了她的沉思。

"我在这儿呢，爸爸。就来了，就来了。"

她走了过去，看到爸爸脸色苍白，而且非常不安，罗莎丽就更觉得奇怪。于是她故意装出一副高兴和不在乎的样子，来让爸爸安心。如果爸爸觉得她不再想那间小屋子的事了，也许就不会再注意那把钥匙了。这样爸爸就可能会把钥匙忘在什么地方，而她呢，也就有机会拿到这把钥匙了。

爸爸和罗莎丽开始吃饭了。虽然罗莎丽尽量装出高兴的样子，然而爸爸还是吃得非常少，因为他一直在发愁，一句话都不说。后来爸爸看见她那样无忧无虑，那样自然，就也安下心来了。

三个星期之后，罗莎丽就要十五岁了。爸爸曾经答应在她生日的那一天，会给她一件令她惊喜的礼物。日子一天天地过去了，现在只剩下十五天就到她生日了。

有一天早上，毕当突然对女儿说："亲爱的女儿，我现在要出去一个小时。为了庆祝你的生日，我必须得出去一次。你一定要听话，你在家里等我。我知道你想什么，也知道你会做什么。你千万不有好奇心，等到十五天之后，你会知道你想了解的那一切的。孩子，我走了。一会儿见！你一定不能要有好奇心。"

毕当吻了一下女儿便走了，他是那么舍不得离开她。

爸爸刚走，罗莎丽就直冲进爸爸的房间里。她看到钥匙真的被忘在桌子上了，罗莎丽非常高兴。

她迅速地拿起钥匙，飞快跑到花园里。然而当她走近小屋子时，她忽然想起了爸爸的叮嘱：不要有好奇心。她犹豫了，但就在她正想往回走的时候，却听见小屋里传出轻微的呻吟声。当她把耳朵贴到门上时，听见了一个很小的声音唱道：

我是一个囚犯，
孤独地呆在这边。

我很快就要死去，

永远也离不开这牢监。

"它一定是一个非常可怕的家伙，才被爸爸给关在这里了。"

罗莎丽说完，轻轻地敲了两下门。她问到："你是什么人呀？有什么可以帮忙的吗？"

"帮我把门打开吧，亲爱的罗莎丽。劳驾了，求你了开开门吧！"

"可是，为什么你被关了起来呢，你犯了什么罪吗？"

"我的罗莎丽，唉！是一个会妖术的人把我变成现在这个样子了，并且把我关在这里了。求你把我放出去吧！为了回报你，我会把一切都告诉你。"

罗莎丽不再犹豫了。好奇心令她忘记了爸爸的嘱咐。当她把钥匙插进锁孔时手却发抖。使锁怎么都打不开。这时她想回去了，不再想开这扇门了。然而就在这时候，里边又说话了：

"罗莎丽，我会告诉你你最感兴趣的事：你的爸爸并不是你想像中的那么好。"

听见这句话，好奇的罗莎丽终于使足了劲儿，钥匙转动了，门终于打开了。

二　可恶仙女

这间小屋很暗。罗莎丽到处找，可是什么也没有看到。只听到一个细致的声音说："罗莎丽，谢谢你，谢谢你来把我放出来了。"这个声音似乎是从地下传来的。罗莎丽低头往下看时，才发现一个角落里有两只狡猾的发亮的眼睛一直盯着她。

"我的计谋总算成功了！罗莎丽。你终于向好奇心迈进了。如果我不唱，也不说话，那么你一定会转身回去的，那我就失败了。虽然现在你把我放出来了，但是你和你的父亲却都得听我的了。"

罗莎丽虽然还没弄明白意思，也不知道自己的不听话会带来什么样的严重后果，可是她现在已经猜到了，必定是她父亲把一个非常危险的敌人给制服了，然后关在这里的。所以她想立刻再把它关起来。

"罗莎丽，站住！你想再把我关起来，这是没有用的。如果你到了十五岁，那我就永远也不能再从这儿出去了。"

此时，小屋忽然不见了，然而那把钥匙还留在了罗莎丽手里。她又怕又惊，只见身边有一只小灰鼠，用两只闪亮的眼睛盯着她。忽然小灰老鼠笑起来，它笑的声音虽然小，但是让人听得非常不舒服。

"嘻，嘻，嘻……罗莎丽，你看你现在吃惊的样子。说实在的，你可让我太开心了。你非常好奇，太好了！想想我被关在这间黑暗的小屋子里已经快要十五年了。这十五年里，我无法对你的父亲做坏事，我那么恨他呀！我也非常讨厌你，就因为你是他的女儿。"

"那，你是谁，你这坏老鼠？"

"我当然是你家的敌人了。我是可恶仙女。告诉你吧，我的名字与我是很相称的。人人都觉得我很可恶，而且我也讨厌所有的人。从现在起，罗莎丽，我会跟着你，一步也不会离开你。"

"放开我，你这讨厌的东西！不过，一只小老鼠没有什么可怕的。我一定会找到一种办法摆脱你的。"

"朋友，那咱们走着瞧吧！你走到哪儿，我都会跟到哪儿。"

罗莎丽从这跑到那，又从那跑到这，可是每次她回头看时，那只小灰老鼠都跟在她身后，而且总是还用讥笑的眼光看着她。罗莎丽走入自己的房子里，小老鼠还是跟在后头。她想用门把老鼠轧死。可当小老鼠站在门槛上时，罗莎丽无论多么用力关门，都关不上。

"你这坏东西，你等着。"罗莎丽生气地嚷。

她想狠狠地拿起了一把笤帚打这小老鼠一下子，可是笤帚却吐出火苗，她的手都被烧到了。她立刻把笤帚扔到地上。为了不让地板也烧起来，她用脚把笤帚踢进炉灶里去了。罗莎丽又从炉子上拿起了一个盛着开水的小锅，向小老鼠扔过去，想把它给烫死，可是开水一下子就变成了鲜牛奶，小老鼠一边喝牛奶，一边非常得意地说："罗莎丽，你可真好呀。把我放出来你虽然不开心，可你却给我这么好的一顿午饭！"

生气的罗莎丽哭起来。此时，她听到父亲回来了。

"爸爸，爸爸，"她喊着，然后又急忙的对小老鼠说："坏老鼠，为了不被我爸爸看到，我求求你了，你快走吧！"

"我不会走。我就藏在你的鞋跟旁。我要一直看着你父亲是什么反应，当他知道你没听他的话。"

小老鼠刚缩成一团，躲到她身后，她爸爸就进来了。他看着，罗莎丽一脸不知所措，吓得脸色都白了。

"罗莎丽，"毕当先生颤抖地说："我刚才把小屋的钥匙忘在家里了，你拿了吗？"

"爸爸，在这儿呢。"她把钥匙交给了爸爸，脸却突然红了。

"牛奶怎么被倒在地上了？"

"这是猫弄的，爸爸。"

"什么？猫？猫能把一锅牛奶从屋子里拿出来然后泼在地上吗？"

"爸爸，不是的，是我自己拿出来时不小心弄洒的。"

罗莎丽说话的声音非常小，也不敢抬头来看她爸爸。

"罗莎丽，去拿笤帚来吧，你把它扫干净就行了。"

"笤帚没了，爸爸。"

"怎么会没了？我出去时笤帚还在呢！"

"我不小心，爸爸，把它给烧了……"

罗莎丽不再说话了。爸爸盯着她，然后又不安地向屋子周围看了看，又叹了口气，才慢慢地向花园深处走去。

罗莎丽坐在椅子上哭起来，小老鼠一动都不动。一会儿，毕当急急忙忙地冲进来，脸上满是恐惧的表情。

"我可怜的孩子，罗莎丽，你都干了什么事情呀！你向好奇心让步了么，你居然把我们最可怕的敌人给放出来了么！"

"请你原谅我，爸爸，原谅我吧！"罗莎丽哭着扑过去，跪到爸爸身边，"我也不知道我做的竟然是一件坏事。"

"事情总是这样：你不听话时，不觉得自己做了什么坏事，可是事实是，你却做了一件害人害已的事！"

"那为什么你这么怕它呢？如果这只老鼠有魔力，那你再把它关起不就好啦！你为什么不能这样做呢？"

"孩子，这事没那么简单。这老鼠是一位有很大很大魔力的坏仙女。我也是一个仙人，但我是一位谨慎仙人。你既然已经把敌人给放出来了，我也就可以告诉你了，我为什么要把你一直藏在这个院子里，就这样一直到十五岁。

"正像我刚才说的，我是一个仙人，你母亲却是一个普通的凡人。然而她又漂亮又聪明，她的品德和优点感动了仙女王后和神仙国王，他们才愿意你母亲和我结婚。一天，我们举行了一场盛大的婚礼，所有的仙女们都来参加了。可不巧的是，我却忘记了通知可恶仙女，所以她非常生气。再加上，以前她想把她的女儿嫁给我，被我给拒绝了。所以她一直非常非常恨我，也恨你和你妈妈。"

"不过，我并不害怕她。因为我自己有和她差不多相当的魔力，而且仙女王后非常重用我。有好几次，这个可恶仙女想加害我都没达到目的。接着，你母亲生下你不久，就生了重病。我也没有办法，只能去请仙女王后救她。可当我回来的时候，却发现你的母亲消失了，原来是这个可恶仙女趁着我不在的时候，把你母亲给害死了。而且她还用魔力让你身上有许多缺点和毛病。幸亏，我及时赶回来了，她的计谋才没有完全实现。可是毕竟我还是晚了一步，她已经把过分好奇的缺点加在你身上了。孩子，这个缺点会为你带来很大的不幸，而且在你十五岁时，你就会完全被魔力征服了。幸亏有仙女王后的帮助，我才能用我的力量抵消了你身上她的魔法。后来，我们商量了一个条件：如果你在十五岁之前，有三次向好奇心让步了，你就永远都会处在她的魔力控制之下。另一方面，为了惩罚可恶仙女，仙女王后把她变成一只小灰老鼠，关在那间小屋里，永远不让它出来。罗莎丽，除非是你自愿把门打开，否则它是出不来的。你如果在十五岁之前，有三次向好奇心让步，她就可以恢复原形。而你？在十五岁之前，你只要有一次战胜了这个可怕的缺点，你就能永远获得自由，同样我也就可以摆脱她的魔法了。罗莎丽，既然我已经答应了分担你的命运，那么，如果你有三次向好奇心屈服了，我就将和你一样，永远成为可恶仙女的奴隶了。我了解，我要付出很大的努力，才可以得到好的结果。所以我决定好好教育你，让你克服好奇的坏毛病，同时我也不给你机会，让你会觉得好奇。也正是因为这个原因，我才会把你关在这里，不让你去见任何人，连仆人都不用。你需要什么我就会给你，让你开心地生活。再过两个星期你就十五岁了。我曾经非常高兴啊！因为我认为我就快成功了。因为你一直没想把可恶仙女放出来……可是，就在你向我要钥匙时，我是多么伤心呀！我却再也忍不住了，我知道是我激动的表情引起你的好奇心。尽管你装出无忧无虑，好像非常高兴的样子。但是我早已知道你在想什么。仙女王后让我试试你能不能抗拒好奇心。她让我把钥匙放在一个很显眼的地方，让你可以很容易发现它。我虽然很痛苦，但我也不得不按仙女王后的意思去做。你知道，罗莎丽，当我离开你，一个人出去时，当我再回来看到你那不安的样子时，我就知道，你没有战胜好奇心，你第一次向它屈服了。我本不应该告诉你的，真的不应该告诉你你的身世和经历过的危险，也不该让你知道，你十五岁的时候，会被可恶仙女的魔法控制住……"

"唉，现在，你已经什么都知道了。你不要太失望，罗莎丽，你并不是失去了一切。你还可以纠正你的错误的，还有十五天你就要满十五岁了。只要在这十五天之内，你能战胜好奇心，你就能和一个叫卡西欧的王子结婚了，这也不是没可能的事。"

"我亲爱的孩子，罗莎丽，就算你不为了我，也要为了你自己，你一定要有顽强的意志和很大勇气！"

罗莎丽跪在爸爸的面前，用两只手捂住脸，痛苦地哭了起来。听了她爸爸说的最后一句话，她似乎又有了勇气。她拥抱了爸爸，对他说："我向你发誓，爸爸，我一定会改正我的毛病的，请你不要离开我。要是我一直在你的身边，有你的智慧和你的关心，我就不会缺乏勇气了。"

"唉！罗莎丽，我已经没权力让你留在我的身边了。敌人已经控制住了我。它不同意我向你揭露她恶意为你设下的圈套。我知道，我的悲伤，对它来说，正是它最高兴的事。可是，它为什么这会儿没在这里呢？我怎么还没有看到它呀！"

"我就在你女儿的脚边呀。"小灰老鼠用尖细的声音说。这时，它出现在了毕当先生的面前。"你讲了我给你们带来的巨大痛苦，我听了非常高兴。我把这当成一种乐趣。我就是打算在这个时候出现在你面前，真是不早也不晚呀。你跟你的女儿快告别吧！我要把她带走了，我不会允许你跟着她。"

小灰老鼠边说边用尖尖的牙齿拽罗莎丽裙子边儿，努力要把她拖走。罗莎丽用力的拉住她的父亲，怎么都不愿意离开。可是仍然被一种不可抗拒的力量拽走了。可怜的爸爸抓起一根棍子。朝着老鼠打去，然而就在这时，小老鼠把爪子往毕当的脚上一放，毕当马上就举着木棍子一动不能动了，就像一尊雕像一样立在那里了。罗莎丽抱住爸爸的双腿，向老鼠求饶，可是小老鼠只是奸笑着说：

"来吧！我的朋友，来吧！在这个地方你是遇不到两次机会向你的好奇心屈服的。我会带你去外面见见世面。十五天之内，我要让你去看一看你周围的不同世界！"

小灰老鼠拉仕罗莎丽，罗莎丽却紧紧地抱着爸爸的脖子，怎么都不肯走。这时，小老鼠尖叫了一声，房子突然着起火来。机智地罗莎丽想：如果自己被火烧死了，她就再也无法把爸爸从可恶仙女的魔爪下解救出来了。如果她还活着，她就还有机会救出她的父亲。于是她喊着："再见了！爸爸，十五天之后再见。我看着你现在失踪了，我一定会找到你。我一定会救你的！"

为了不让火继续烧着，罗莎丽便逃跑了。她不停地跑啊跑啊，也不知道自己跑到什么地方去了。后来，她又走了好几个小时，感觉又累又饿。正巧此时，她看到一个老太太坐在一座房子门口。

"夫人，"罗莎丽可怜地说："请你帮帮我的忙吧！我累坏了，我就快饿死了，请允许我到你的屋子里过一夜吧！"

"这个漂亮的姑娘怎么会一个人走这么远的路呢？怎么还有一个什么鬼东西跟在你身后？"

转身一看，罗莎丽发现小灰老鼠正在她脚边用挑衅的目光看着她。她想要把它赶走，可是可恶的小灰老鼠怎么都不肯离开。老太太看到这个情形，便摇着头说："你还是继续往前走吧，小姑娘。我不能留一个小魔鬼和你住在我的家。"

罗莎丽边哭边继续往前走。每次她要找到一个地方住下时，人们总会拒绝她。因为谁也不乐意让一只寸步不离她的小老鼠一起住在家里。最后罗莎丽进到一个树林，正巧这有一条小溪。罗莎丽非常口渴，就喝了个饱。她接着发现树林里有很多榛子和果子，于是罗莎丽吃了起来。她坐在一棵大树下，想起父亲，也想起不知在未来十五天里她还会遇见什么事。为了不看见那个可恶的小老鼠，罗莎丽把眼睛闭上了。渐渐的，天黑下来了，罗莎丽走了整整一天。疲惫得要命，便不知不觉在大树下睡着了。

三　卡西欧王子

正在罗莎丽熟睡的时候，卡西欧王子与他的随从们举着火把来到树林里打猎。几只猎犬紧紧追着一头鹿不放，这只鹿可怜惊恐地缩成了一团，它躲在灌木丛里。刚巧罗莎丽就睡在旁边，猎犬与猎人们一齐向那只鹿扑上去。突然间猎犬都不叫了，它们都安静的围在罗莎丽身旁。为了让猎犬继续搜寻猎物，王子从马上下来，当他走过去一看，他也非常惊奇！原来是有一个漂亮姑娘正安安静静地睡在大树下。向周围望去，什么都没有发现，只是姑娘一个人，难道她是被扔到这里来的吗？至于再走近一看，他发现那姑娘的脸上还有着泪痕，还有一滴眼泪正从她紧闭的眼睛里流了出来。虽然罗莎丽穿的衣服很简单，但是料子却是丝绸的。她有一双又细又白的手，指尖上是漂亮的玫瑰色的指甲；栗色的头发又用一个金色发卡束着；她穿着一双漂亮的鞋子，戴着一串精致的珍珠项链。显然这些都证明她是一位贵族人家的姑娘。

猎犬的叫声、马蹄声和很多人说话的嘈杂声都没把她吵醒。王子惊讶地看着罗莎丽，宫里人谁都不认得她。王子轻轻地拉起她的手，罗莎丽没有醒过来，王子又摇摇她的手，她还是没醒。卡西欧王子真为这姑娘担心了。接着他对手下的军官们说："我怎么能丢下这可怜的姑娘不管呢。可能是坏人想要害她，令她迷了路。现在她睡着了，怎么样才能把她带走呢？"

"王子"，管猎犬的霍贝尔特说："我们也许能用树枝做一副担架，然后把她抬着送到旁边的小旅店里去，我们才好继续打猎呀！"

"你的想法很好，霍贝尔特。现在你们就去做一副担架吧！不过，不能把她送到小旅店去，送到我的宫殿去吧。这姑娘一定是出生在一个高贵的家庭。她和天使一样美，我要亲自照料她，她应该受到良好的照顾的。"

霍贝尔特和军官们很快便做好一副担架了。王子先把自己的大衣铺在了上面，然后轻轻的小心翼翼地走近她，把她抱了起来，放在担架上。这时候，罗莎丽似乎在做梦一样，她笑了，而且轻轻地自言自语道："爸爸，我的爸爸，我们现在永远得救了。仙女王后……卡西欧王子……我真的看见他了，他多英俊呀！"

当王子听到姑娘在叫他的名字时，感觉奇怪极了。他也不再怀疑了，罗莎丽必定是一位公主，被魔力给控制住了。他让抬担架的人慢慢地走，免得把熟睡的罗莎丽给惊醒。而且他一直跟在担架旁边默默地走。

回到了宫殿里，王子马上叫人准备好一个给王后用的房间。他不愿意任何去惊动她，他亲自把罗莎丽抱到卧室里，放到一张床上，并且吩咐那些女仆人说，等这姑娘一醒来，立刻就去告诉他。

罗莎丽一直睡到第二天早晨。她醒过来的时候，天已经是大亮了。她看看周围，一切都不同了。她更奇怪的是：那只可恶的老鼠已不在身边，它竟然不见了。

"难道我真的已经摆脱掉了可恶仙女的魔法了吗？"罗莎丽高兴地说："大概我是在一个别的仙女的家里吧，这个仙女一定比可恶仙女有更大的魔法。"

她走到窗边，看见外面有很多军官和许多士兵．他们都穿着闪光的漂亮的军服。罗莎丽便更觉得惊奇了。她非常想过去问一下，这到底是怎么回事？她认为，这些人一定都是仙人吧，也一定都有魔力的吧。此时罗莎丽听见有人走了过来，她一转身，发现了王子正穿着最好看、最考究的猎装，站到她面前，用欣赏的眼光望着她。罗莎丽马上就认出来，他就是自己梦中见到的卡西欧王子。于是，她便情不自禁地喊了出来："卡西欧王子！"

"你认识我？小姐。"王子意外地问："这到底怎么回事儿？如果你认识我，我怎么会忘记你的样子和你的名字呢？"

"只是我在梦里见过你，王子。"罗莎丽害羞地说道："我的名字你自然不会知道的，就连我自己也在昨天才知道我父亲的名字的。"

"你的父亲是谁呀？小姐，为什么他要把自己的名字隐瞒你这么长时间呢？"

罗莎丽就把父亲告诉她的所有事都讲给了王子听。她还告诉了王子她有好奇的坏毛病以及因为这个毛病而引起的好多不幸的事。

"你知道吗，王子，我有多么痛苦吗！可恶仙女放火烧了我家的房子。为了不让自己烧死，我不得不离开父亲。这一路上，我连个住处都找不到，都是因为那只坏老鼠总是跟着我。我都快要冻死和饿死了。在树下，我忽然觉得累极了，一下子就睡着了，还做了梦。我不知道自己是如何到这儿来的，这里就是你的家吗？"

王子也告诉了她，他是如何发现她一个人睡在一棵大树下，并且还听见了她在梦中所说的话。最后王子说："还有一件事，罗莎丽，你父亲没有告诉你，那就是我们是亲戚。仙女王后都已经决定，等你到十五岁的时候，你将成为我美丽的妻子。一定是仙女王后令我产生了这个念头：拿着火把到树林里去打猎的，这样我才能在那个树林里找到你。既然还有几天你就满十五岁了，亲爱的罗莎丽，那就请你把我的家当成是你自己的家吧！现在你就可以像王后一样支配这里的一切，你的父亲也很快就可以来看你的。那时候，我们便可以举行婚礼了。"

罗莎丽恳切地谢了王子——她漂亮年轻的表哥。然后，她走进了化妆室，一些女仆人早就在等着她了。她们准备好了各种各样的衣服和发型，任她挑选。罗莎丽没有精心打扮过，她只是随便选了人们拿给她的第一件衣服。那是一件带花边的玫瑰色纱裙以及一个同样颜色的长纱巾做头饰。她美丽的栗色头发被梳成辫子盘在头上，像王后的桂冠一样。罗莎丽打扮好之后，王子就来找她了，他们一起去吃午饭。

罗莎丽吃得非常香，似乎昨天晚上没吃过饭一样。饭后，他们一起到花园散步。王子带她去参观了花房，实在是非常漂亮。在某一间花房的最里边，有一个用最珍贵的花围成的圆形小亭子。亭子中间放着一个小箱子，里面似乎装着一棵小树，但有一块布把它包裹起来。透过薄薄的布罩，可以看见里面有几点亮晶晶的东西在闪着神奇的光彩。

四　圆亭子里的小树

罗莎丽非常喜欢这些花儿。她以为，王子必定会把布掀开，让她看看那神秘的小树的。可是，王子却走出了花房，而且什么话都没有对她说。

"王子，那棵包裹得严严实实的小树是怎么回事？"罗莎丽问。

"那是我准备要送你的结婚礼物。不过在结婚以前，你一定不可以看它。"王子强调。

"到底是什么在里面发光呢？"好奇的罗莎丽又问。

"亲爱的罗莎丽，再过几天你就能知道了。我送给你的是一件不寻常的特殊礼物。"

"那么，不可以让我早一点儿看到它吗？"

"罗莎丽，不行，仙女王后不允许我这样做。她强调，一定要等到结婚的时候才能给你看。不然会发生不幸的事情。亲爱的罗莎丽，我想你是爱我的吧，为了这个，你还是克制住自己的好奇心吧！"

听到最后这句话，罗莎丽有点发抖了。她想起小灰老鼠，想起威胁着她的灾难，更想起了她的可怕的敌人——可恶仙女。如果她上当了，她和她的父亲便会遭到更大的不幸。此后，罗莎丽便不再问这棵小树的事了，她继续和王子一同散步。

一整天都过得非常快乐。王子仔细的向她介绍了宫里的夫人们。王子还对这些夫人说，希望大家以后能好好地对待他的妻子——仙女王后为他挑选的公主。罗莎丽对这些夫人很好，她们也都因能有这样可爱的王后而感到开心。这些天以来，他们过得像节日一样的愉快。他们有时候去打猎，有时候去散步。王子非常喜欢罗莎丽，罗莎丽也非常的爱王子。他们两个人都在真心地盼望着罗莎丽十五岁生日那天快点儿到来，原因就是他们会在那一天举行婚礼。

而且罗莎丽比王子更期盼这一天，因为除去上面说的之外，她也想快点见到爸爸，她还特想知道亭子里放的小木箱装的到底是什么。她总是在想着那棵小树，连晚上做梦也会梦到。当她不与王子在一起的时候，她就觉得，不去花房揭开秘密，是一个巨大的痛苦。

现在，罗莎丽只要等最后的一天了。明天就是她的十五岁生日。王子正忙着筹备婚礼，所有认识他们的善良的仙女和仙女王后都会来作客。这坚难的一天，罗莎丽要一个人过，她独自出去散步。她边想着第二天的幸福而热烈的场面，边情不自禁地向着花房的方向走去。她幻想着，微笑着，走进花房，来到圆亭子前。她想，那薄薄的一层布包着的到底是什么宝贝呢？

"明天我就能知道这里边是什么了……不过，要是我想的话，今天我就能知道这个秘密。只从箱子缝儿里，我能很轻易地把手指伸进去……我把里边的东西轻轻地拉出一点儿来看一下，那又有谁知道呢？只要我看完以后再把它重新放好……应该没关系的，反正明天它就是我的了。今天我还是偷偷看一眼吧！"

她看了看周围，一个人都没有。为了满足她的好奇心，她把王子的嘱咐和正在威胁她的危险都忘得一干二净了。罗莎丽又一次向好奇心屈服了。她把手从箱子缝里伸了进去，轻轻地往外一拉，随着一声雷鸣一样的巨响，那层布一下全撕开了。出现在罗莎丽面前的是一棵神奇小树：树干是珊瑚，叶子都是翡翠。树上结满了五颜六色的果子：有珍珠的，有钻石的，有蓝宝石的、有红宝石的、有黄宝石的、还有乳白色宝石的，……这些果子都像真的果子一般大。它们在闪闪发光，照得罗莎丽睁不开眼。当罗莎丽看得出神时，突然一声巨响，她只觉得有什么东西抓住她，把她送上了一块平地。她眼看着王子的宫殿倒塌了。从瓦砾下传出了恐惧的喊声，罗莎丽看见王子从废墟里钻了出来，他满身是血迹，衣服也撕破了。

他慢慢走近罗莎丽，痛苦地说："罗莎丽，你这负心的罗莎丽。你睁眼看看，你把我们害成什么样子！我的心都要碎了……但是，我想在这件事后，你一定不会再第三次向你的好奇心屈服了。只有这样，才能挽回我的不幸、你父亲的不幸以及你自己的不幸。再见，罗莎丽，再见吧！在一个非常不幸，非常爱你的王子面前，要是你愿意忏悔，那么你的过错是可以救赎的。"

说着，王子慢慢走远了。罗莎丽倒在地上，伤心痛哭起来。她喊王子，可是他连头也没回地消失在远方了。当罗莎丽快要晕倒时，小灰老鼠又尖笑着出现在她面前。

"罗莎丽，你感谢我吧，我是非常好心地帮助了你呀！都是我让你晚上做梦会梦见小树，是我把那层布咬破了，叫你看到一点里边的东西的。如果我不这样做，我就输了，而你的父亲和你，还有你的王子便会成功了。不过，你如果再犯一次错误，就必须永远服从我了。"

小灰老鼠非常高兴，它围着罗莎丽跳起了舞来。可是这一次罗莎丽并不生气。

"这是我的错。"她说："如果我不那么好奇，如果我没有辜负王子的好意，小灰鼠的计谋是不可能成功的，我也不会再做出这样的事了。我一定要用自己的耐心和坚强的意志去克服这好奇的不毛病，不论那第三次考验会有多么困难，多么痛苦，我也一定得战胜它。再说，还有几个小时我就到十五岁了。正如王子说的那样，我的行动关系到我的幸福，也关系到爸爸和王子的幸福！"

罗莎丽纹丝不动地站在那。小灰老鼠用尽各种办法让罗莎丽跟它走，可是罗莎丽看着宫殿的废墟，一步也不肯离开。

五　小盒子

就这样，过了整整一天。罗莎丽还是一直站在那儿不动，她即使感觉渴得要命。

"难道我不应该受到这样的惩罚么？"她说："谁让我令我的爸爸和表哥遭受了那么大的不幸呢？我现在必须站在这儿，一直到我十五岁。"

天黑下来时，有一位老太太从这里路过。老太太慢慢向着她走近，对她说："我的孩子，我打算到附近去看一个亲戚，你可以帮我看一下这个小盒子吗？这个小盒子特别沉！"

"好的，夫人。"罗莎丽答应下来。

老太太把小盒子交给了她，又对她说道："谢谢你了，孩子，我一会儿就回来。你千万不要打开去看，里边有一些东西，那是一些你从没有见过的东西……你之后也永远都看不到的东西。你一定要小心地看着它，因为这个盒子它很薄很脆，只要你稍一用力，它便就会碎掉的。你来看，这里边有什么……谁也没有见过，谁也不知道这里边究竟是什么！"

说着，老太太便不见了。罗莎丽便轻轻地把盒子放到地上，想着一切可能会发生的事。夜晚来了，老太太还没有回来。罗莎丽又看了一眼小盒子。真奇怪，小盒子竟然会发光，它发出来的光居然把周围都照亮了。

"盒子里是什么东西发光呢？"罗莎丽说着。她拿起了小盒子，放在手里翻过来翻过去地看着，却怎么也看不出来小盒子为什么发光。她又把它轻轻放在地上，说道："这里装的东西与我有什么关系呀？它不是我的，它是那个托我看管的老太太的。我不要再想这事啦，不然，它是不会吸引住我去把它打开的。"

真的，罗莎丽不再去看它了，也尽量不去想它了。她闭上了眼睛，打算就这样，一直等天亮。

"啊！我马上就十五岁了。我马上就可以看见我的爸爸以及卡西欧王子了。我再也不用怕那个可恶仙女了。"

"罗莎丽，罗莎丽，"小灰鼠说，"我就在你身旁。我不是你的敌人。如果你愿意的话，我马上就可以把小盒子打开，以便让你看看里边都装的是些什么东西。"

罗莎丽不理会它。

"你难道没有听见我说话吗？罗莎丽，我是你的朋友啊，请相信我吧。"

但是罗莎丽还是不理会它。

小灰老鼠再没有时间等了，它向小盒子扑了过去，用牙去咬小盒的盖子。

"魔鬼！"罗莎丽边喊，边抱住了盒子，并把上锁的那一面紧紧地护在胸前。

"你要是敢再过来动它一下，我马上就拧断你的脖子！"

小灰鼠不怀好意地望了罗莎丽一眼，却因为罗莎丽的态度非常坚决，它也不敢再过去冒犯她。小灰老鼠正想再用别的办法去引诱罗莎丽的好奇心时，午夜的钟声便敲响了。小灰鼠失望地大叫一声，对罗莎丽喊："罗莎丽，钟声响了，你已经十五岁了，你再也不怕我了。从现在起，你，以及你的父亲，还有王子，都不会再受我的魔法的控制了。可我，我却要受到惩罚。我将永远不能恢复原形，只能保持我现在的灰老鼠的样子。一直要等我用计谋，再让一个与你一样美丽高贵的姑娘上了我的当，我才能再变回仙女。罗莎丽，再见了，你现在能打开这个小盒子了。"

这句话说完，小老鼠就消失不见了。

罗莎丽一直都在提防着她的敌人，不愿意再听它的话，去把小盒子打了开来。她决心一直等天亮再说。就在此时，一只猫头鹰飞到罗莎丽的头顶。它从空中扔下一块石头，正好落在了小盒子上。小盒子正好被砸得粉碎。罗莎丽吓得大叫一声，可是忽然她又看见仙女王后出现在了她面前。仙女王后对她讲："过来，罗莎丽，你最终战胜了自己，同时也战胜了你全家人最大的敌人。我会把你的父亲还给你。不过，你现在还是先喝点水吃点东西吧！"同时，仙女王后给她一个果子。罗莎丽只吃了一口就不饿也不渴了。这时候，一辆两条龙驾着的车出现在了她们眼前，仙女王后上车，叫罗莎丽也马上上来。

罗莎丽真诚地感谢仙女王后对她的保护，并且问到她能不能再见到王子和爸爸。

"你的爸爸正在王子的宫殿等你呢！"仙女王后回答说。

"可是夫人，我看见王子的宫殿已经倒塌，王子受伤了，他一定很痛苦吧！"

　　"不，罗莎丽，那些只是一种幻觉，是为了让你认识到你的好奇心会引发多么恐怖的结果，也是为了让你不致于第三次向好奇心再屈服。你一会儿就能看见王子的宫殿了。你还记得么？就是在那儿，你掀开了一块布，里边包着一棵十分珍贵神奇的小树……"

　　仙女王后的话刚说完，车就已经停在了宫殿的台阶前了。罗莎丽的父亲和卡西欧王子，以及宫里其他的人都在等着她呢！罗莎丽过去拥抱住了爸爸，又拥抱住了王子。王子像是一点儿也不记得她之前犯的错误了。婚礼已经全都准备好，马上就要开始举行了，所有的仙女都来这里参加，庆贺的仪式一直持续了好多天，罗莎丽的父亲一直与他们生活在一处。罗莎丽完全改正了她好奇的坏毛病。王子温柔地爱着罗莎丽，罗莎丽也一辈子爱着王子。他们生了几个孩子，每一个都长得非常漂亮，王子和罗莎丽请有能力的仙女作孩子们的教母，在她们的悉心保护下，孩子们再也不会受到坏仙女和坏仙人的迫害了。